この中に1人、妹がいる！
田口一
Hajime Taguchi
Illustration*CUTEG

嵯峨良 芽依
Sagara Mei
鶴眞 心乃枝
Tsuruma Konoe

帝野 将悟
Mikadono Syogo
神凪 雅
Kannagi Miyabi
国立 凜香
Kunitachi Rinka

Bath

「わたし、もっと兄妹じゃない証拠、見せられます!」

「あたしだって、これて終わりじゃないんだからっ！」

・この中に1人、妹がいる! 目次・

プロローグ 11

1章　妹からのバースデーケーキ 20

2章　妹と月夜のダンス 64

3章　妹は誰だ!? 100

4章　クラスメイトが妹になった? 154

5章　妹のヒーローはお兄さま! 208

エピローグ　俺と妹と恋人と 228

この中に1人、妹がいる!

田口一

MF文庫J

口絵・本文イラスト●CUTEG
編集●児玉拓也

プロローグ

「お兄さま」

ささやくような少女の声が聞こえる。

椅子《いす》に座って眠りかけていた帝野将悟《みかどのしょうご》は、ハッと目を覚まし、室内を見回した。

「誰《だれ》かいるのか？」

しかし部屋には、彼のほか誰もいない。――なんだ今の？　空耳か？

今日は世界的に展開する大企業『帝野グループ』の代表取締役社長――、帝野熊五郎《くまごろう》の葬儀の日だ。

まだ肌寒い二月。朝から喪主である母の手伝いに追われ、将悟は、父の死の悲しみにくれるヒマもないほど忙しかった。

手伝いが一段落して、将悟は控え室で休んでいた。喪服代わりの中学校の制服を着たまま、疲れて眠りそうになった。――そんなとき、謎《なぞ》の声で目を覚ましたのだ。

「お兄さま、こっちです」

また声がして、コツコツとガラスを叩《たた》く音が響いた。外から聞こえているらしい。

振り返って見上げると、本棚の上に小さな窓ガラスがある。窓の向こうでは、はらはらと雪が降っていた。

そこに、下から窓を叩く、握られた手が見えた。

窓は明かり取りのために設置されたもので、将悟《しょうご》の背よりも高い位置にある。窓の向こうで、誰《だれ》かが手を伸ばしているのだ。

「だ……誰!?」

「よかった。お会いしたかったのに、人が多くて近づけなくて……。やっと、お兄さまとお話しできました。どれだけ、この日を待ったことか……ううっ……」

「だから、誰なの!?」

「わたくしは——お兄さまの妹です」

「妹? なんのことだよ? 俺《おれ》は一人っ子だぞ」

「もう、お兄さまは一人じゃありません。これからは、わたくしと一緒です」

「一緒? いったいどういうことなんだ?」

「わたくしはお兄さまと、結婚しに来たのです」

——なんで結婚するんだ? 妹だってんなら、結婚なんかできねーだろ。

将悟はわけがわからず、声の主の顔を見ようと窓に駆け寄った。

しかしこのままでは、高い窓に届かない。窓の下に椅子《いす》を運んで、足をかけた。

「将悟さま」

そのとき部屋の戸がノックされ、一人の女性が入ってきた。

瀬利《せり》という、母の秘書をしている人だ。

「……どうかされたのですか？」

椅子に片足をかけている将悟を見て、瀬利秘書はけげんな顔をした。

スッと背が高く、いかにもやり手のキャリアウーマンという雰囲気の美人だ。どこか冷たく感じる美貌《びぼう》を、黒い喪服がいっそう引き立てている。

「今、外から声がして、俺を呼んでるみたいで……。誰かよくわからないんですけど」

状況を説明しながら、将悟はあらためて椅子の上に立った。窓を開けて顔を出す。

葬儀会館の裏庭だ。正面には雪の積もった生け垣が広がっている。

「あれ……？　いない……？　おかしいな、たしかここに誰かが……」

「怪しい者でもいたのですか？」

瀬利秘書が警戒した声を出す。もしかして、彼女が来たから逃げてしまったのか？

「いえ、誰かの声がしたなーって気がして。空耳ですよ、たぶん」

ははは、と笑ってごまかしながら、将悟は椅子から下りた。

――なんだかよくわからないけど、ただの勘違いだよな。

俺《おれ》には妹なんて、いないんだから。

「将悟《しょうご》さま。鹿野子《かのこ》さまが、お呼びしております」

「母さんが？　わかりました、すぐ行きます」

将悟は瀬利《せり》秘書のあとについて、部屋を出た。

父・帝野熊五郎《みかどのくまごろう》が病床に伏せったのは、半年ほど前のことである。

将悟の祖父から受け継いだ企業、帝野商事の社長に就任してから約十年。熊五郎はまたたく間に会社を、世界的なグループ企業『帝野グループ』に育て上げた。

毎日のように地球上を飛び回り、世界中の人々と交流し信頼を得て、帝野グループを発展させ続けた。稀代《きたい》のカリスマ社長——人々は口々に彼を評し、尊敬した。

だが、そんな無謀なほどエネルギッシュな生き方は、熊五郎の体を酷使していた。ある日、彼は会社の会議室で突然倒れ、病院に運ばれた。余命は半年と診断された。

半年後、五十歳を目前にして、熊五郎は他界した。

父が亡くなったとき、将悟は自分でも意外なほど気分が落ちついていた。悲しくなかったわけではない。悲しかったが、悲観に沈みこむこともなかった。

「父さんは、生き抜いたんだ」

人の倍のスピードで生きて、人生をまっとうしたんだ。きっと悔いはないに違いない。

将悟の思いを証明するように、棺で眠る熊五郎の顔は、充足感に満ちていた。

瀬利秘書に連れられて、将悟は母のいる部屋に入った。

葬儀会館の三階にある応接間。大きな出窓から外を見下ろすと、喪服に身を包んだ参列者の姿が見える。ぼたん雪が降りしきる寒空の下で、傘を差していた。

帝野グループの社員はもちろん、日本有数の大企業の社長から、大臣クラスの政治家までズラリとそろっていた。顔ぶれを見ただけで、熊五郎の偉大さを思い知らされる。

窓の前に立っていた母・帝野鹿野子は、息子を振り返った。

「来ましたね、将悟」

「母さん、次は何を手伝えばいいかな」

「言葉づかいに気をつけなさい。大勢のお客さまが見えているのですよ」

母がピシャリと言う。熊五郎と共に帝野グループを支え、今は社長代理をつとめる母。

夫の葬儀の日でも、毅然《きぜん》とした態度を崩さない。

「う、うん……じゃなかった、——はい」

母に敬語を使うのは、なんだか照れくさくて慣れなかった。

「葬儀のあと、夜は集まった皆さまに、お別れの夕食会に出席していただきます」

「もちろん、俺も瀬利さんと手伝いますって」

将悟《しょうご》はわざと明るく言って、内心は疲れているだろう母を元気づけようとした。

しかし、続く母の言葉は、少し意外なものだった。

「夕食会のあと、グループの幹部に集まってもらい――熊五郎《くまごろう》の遺書を公表します。ですがその前に、将悟、あなたの意志を確認しておきたいのです」

「俺《おれ》の？　意志っていったい……？」

「昨夜、親族の集いで、弁護士立ち会いのもと遺書が開封されました。その中で熊五郎は――将悟に帝野《みかどの》グループを受け継いでほしい――そう、書いていたのです」

「グループを……受け継ぐ？　俺に社長になれってことですか!?」

「むろん、簡単なことではありません。遺言にもこう書いてあります。もし将悟が引き受けるのなら、相応の特訓をしてもらうと」

将悟は考えた。会社を継ぐ……。俺に、そんなことできるのだろうか？　こんな、大勢の人々が働く企業を率いるなんてことが？

考えると、一瞬、足がすくみそうになる。

だけど……と、将悟は思い直した。

それじゃまるで、逃げてるみたいじゃないか。

「――俺、継ぐよ。いえ、継ぎます！　父さんのあとを」

「わかりました。では熊五郎の意志をグループ幹部にも伝え、承認してもらいます。――

将悟、あなたはこれから社長としての資質を高める特訓を開始し、一年間で我が社の皆が納得できるだけの成果を見せてもらわなければなりません」

「もちろん！　俺だって、ただで社長にしてもらおうなんて思いませんって」

これから待ち受ける特訓がどんなに厳しいものか知らない。けれど、大企業を率いて世界を舞台に戦うのは、もっと厳しいことだろう。

「それと熊五郎は、将悟があとを継ぐために、もう一つ条件を出していました」

「もう一つの条件？　どんなのですか？」

「将悟が高校を卒業するまでに愛する女性を見つけ——生涯の伴侶《はんりょ》とするのです」

「愛する女性を生涯の伴侶に……って、結婚しろってことですか⁉」

「そうです。在学中に婚約し、卒業したら結婚するのです。結婚し家庭を持てば、歳若くとも落ちつきと貫禄《かんろく》を持ってグループを率いる人間となれるでしょう」

「でも……結婚なんて一人でできることじゃないでしょ？　相手がいなきゃ……」

将悟は彼女なんてできたことがない。結婚どころか、恋人すらいたためしがなかった。

「その点は心配無用です。特訓ののち、将悟には私立深流院《みりゅういん》学園に編入してもらいます」

「深流院学園って……お嬢さまがたくさん通ってるってんで有名な学校ですよね？」

「そうです。かつて熊五郎も学んだ、由緒正しき学園。そのような学舎に通えば、将悟の相手にふさわしい子女も見つかることでしょう」

うーむ、と将悟《しょうご》は考えこんだ。

たしかに結婚してれば、厳しい企業の世界で、甘く見られずに済むかもしれない。

「——わかりました。その条件、受けます。高校卒業までに好きな人を見つけて、プロポーズして……ＯＫの返事をもらってみせます！」

「期待してますよ、将悟」

話が終わるタイミングを見計らって、外に出ていた瀬利《せり》秘書が入ってきた。

「鹿野子《かのこ》さま。そろそろ火葬場へ出発のお時間です」

母はうなずくと、ハンドバッグを手に持ち、部屋の扉に向かって歩き出す。

そのとき、将悟はふと思い出して、母の背中に声をかけた。

「そうだ！　母さん、ちょっと聞きたいことがあるのですが……」

「なんですか？」

「まさかとは思うんだけど、俺《おれ》、妹なんて……いないですよね？」

「妹？」

母は眉《まゆ》をひそめて将悟を見返し……

「そんなもの、いるはずありません！」

怒鳴《どな》るように断定し、部屋を出た。

「そ、そうですよね……。って、母さん、なんか怒ってない？」

すると瀬利秘書がすぐ横に来て、将悟に耳打ちする。

「将悟さま。妹などという話、どこでお聞きになったのですか？」

「えっ⁉　いや、聞いたっていうか……ほかにもそんなこと言ってる人、いるんですか？」

「実は帝野《みかどの》グループの内部で、熊五郎《くまごろう》さまの隠し子がいるという噂《うわさ》が流れているのです」

「隠し子って、ほんとに⁉」

「むろん、ただの噂にすぎません。根も葉もない噂など、わたくしどもが排除いたします。どうか、将悟さまはよけいな不安をなさらないよう」

――ということはさっきの声も、単なる勘違いかなんかだろうな。

「俺の知らない妹なんていないんだよな。それさえわかれば、安心です」

それ以降、将悟は長い間、自分に妹がいるかもしれないなどとは、考えもしなかった。

一年以上が過ぎた春の日、彼女たちに出会うまでは……。

1章　妹からのバースデーケーキ

時はまたたく間に過ぎた。

父の葬儀の日から、一年と少し。

四月半ばのうららかな朝に、帝野将悟《みかどのしょうご》は一人、新しい土地を踏みしめた。

「ここが、今日から過ごす街か……」

駅前の街並みを見回してつぶやく。レンガの敷き詰められた歩道。青々と茂るポプラの並木。そこに立つ少年は、ブレザーの学生服を着て、キリッと精悍《せいかん》な表情をしている。

将悟は、やり切ったのだ。帝野グループの社長になるための特訓を。

帝野グループの英才教育アカデミーに作られた特別単身クラスに、毎日早朝から深夜まで拘束されて、世界的権威のある学者や文化人から講義を受けた。

経済学や経営学。企業を運営するための術《すべ》を学んだ。

スポーツに芸術。社交界で生き抜くために必要な教養を養った。

そして気品と道徳。人々の代表者としてふさわしい人格を会得した。

常人なら三日で逃げ出すであろう猛特訓に、彼は必死で食らいついた。膨大な知識を詰めこまれ、頭が割れ吐きそうになっても、吐かずに飲みこんで吸収した。

——将悟には、偉大な熊五郎《くまごろう》の遺伝子が流れている。

一年後。アカデミーの講師たちは、将悟は次代の帝野グループ代表にふさわしい人物だと、太鼓判を押したのである。

「さて……と」

将悟は学生鞄《かばん》から一枚の紙を取り出した。

今日から通う、深流院《みりゅういん》学園までの道順をメモした地図だ。母の秘書である瀬利《せり》さんが書いてくれたものだ。編入の手続きは、瀬利秘書が進めてくれている。

財界や政界の御曹子が多く通う、私立深流院学園。そこで今日から、将悟は高校二年生として新しい生活を送ることになる。

遺書に記された、父のあとを継ぐための最後の条件を満たすために。

高校卒業までに愛する女性を見つけ、生涯の伴侶《はんりょ》とすること。

俺《おれ》にはこれから、どんな出会いがあるんだろう——。

将悟は心の中でつぶやき、新たな学園生活に向かって一歩、足を踏み出した。

「まいったな……。この道であってるはずなんだけど……」

十数分後、踏み出した足は、早くもつまずきそうになっていた。

将悟《しょうご》は足を止め、手に持った地図と街並みを交互に見る。

初日から遅刻じゃシャレにならないよな……。どこかで道を尋ねたほうがいいかも。

見回すと、ちょうど小さな洋菓子店の前を通りかかったところだ。西洋風の木扉の上を見上げると、『マリー・ショコラ』と書かれた看板が出ている。

——ケーキ屋か。

いつだったか、倒れた父を見舞ったとき、こんなことを言っていた。

『将悟、今度の誕生日にはバースデーケーキを買って、みんなでお祝いしような』

しかし誕生日を待たずして、父は他界してしまったのだ。

看板を見上げたまま思い出し、思わずしんみりしてしまう。

誕生日、か。俺《おれ》の誕生日……今日なんだよな。

と、さらに連鎖的に思い出した。たしかあのとき、父は続けてこんなことを言った。

『もう一度、あの子をお祝いしてやりたいなぁ……』

その言葉に違和感があり、覚えていたのだろう。

——あの子、って誰《だれ》だ？

父さんの知りあいかな？　にしても、ずいぶん妙な言い回しだ……。

当時疑問に思ったものの、病床の父に問う気にはなれず、謎《なぞ》の言葉として記憶に刻みこまれていたのだ。

「って、マズい！　立ち止まってる場合じゃないな」

そうだ。しんみりしててもしょうがない。大切なのは、未来に向かって歩き出すことだ。

店の扉に手をかけようとした瞬間、バンッと勢いよく扉が外に開いて——

「うわっ⁉」

すぐ目の前に、制服姿の女の子が立っていた。

「ひゃっ⁉」

女の子は突然将悟を見て、ビックリしたらしい。背をのけ反らせて体がふらっと揺れ
……直後、ドシンと尻《しり》もちをついてしまった。

持っていたケーキ箱がポーンと宙に投げ出され、落とした学生鞄《かばん》からは、教科書や小物がぶちまけられる。

将悟はとっさに腕を伸ばし、宙に舞ったケーキ箱を受け止めた。

「だ、大丈夫？」

「いたたたた……。す、スミマセン……」

目を向けると、腰をさすっている女の子は、深流院《みりゅういん》学園のブレザー制服を着ていた。

スカートがまくれて、その下から真っ白な……いやいやいや。

きれいに切りそろえた前髪に、さらさらとそよ風に揺れる長い髪。白い大きなリボンが

印象的だ。顔には、丸い大きな目とスッと整った鼻、まっすぐ結ばれた唇。

さすがは深流院《みりゅういん》学園の生徒とも言うべき、清楚《せいそ》で美しい顔立ちだ。愛らしさの中に凜《りん》とした気品があって、まるで、森の奥に流れる小川の清流を思わせる美少女だった。

「お客さま、大丈夫ですか⁉」

女性店員が、心配そうに駆けてくる。

「す、スミマセン、散らかしちゃって。大丈夫です」

「――立てるかい？」

女の子は差し出された将悟《しょうご》の手を取った。ほっそりした指先が触れる。立ち上がって、彼女はパタパタとスカートのおしりについた埃《ほこり》をはらい落とした。

それから女の子は手伝ってくれる店員と一緒に、床に散らばった教科書やノートをひろい集めた。将悟も手伝って、落ちている携帯電話やサイフをひろってあげる。

サイフはちょっとオバサンっぽい緑のガマ口だった。小銭がジャラジャラ入っているらしく、やたらと重い。

――女の子って普段、どんな買い物をするんだろう。

携帯電話は、青い流線形の見たことのないデザインだった。帝野《みかどの》グループでも携帯電話を発売しているが、あいにく他社製のものである。

――女の子と仲よくなるには、電話番号の交換とかも必要なのかもな。

こんなかわいい女の子と、電話で話ができる仲になれたら……。

「わたしの携帯、どうかしました？」

「あ、ううん、なんでもないよ。はい、携帯とサイフ」

番号交換なんていう下心が透けて見えそうで、あわてて彼女に渡した。

「それと、これも。中のケーキ、崩れてないといいけど……」

将悟《しょうご》は持っていたケーキ箱を差し出した。

「あ、ありがとうございます！　中はシュークリームだから、平気だと思います」

散らばった荷物を片付けると、ようやく女の子はホッとした表情で息をついた。

売り場に戻る女性店員にペコリと頭を下げ、将悟にもおじぎをする。

「お騒がせしました。はぁ……」

「気にしなくていいって。それよりキミ、深流院《みりゅういん》学園の生徒だよね？」

「ええ、そうですけど……」

「俺《おれ》、実は今日から編入することになってるんだけど、道に迷ったみたいで。よければ、学校までの道順を教えてもらえると助かるかなって……」

「編入生のかた、ですか？」

「うん。帝野《みかどの》将悟っていうんだ。二年生のクラスに入ることになってる」

「じゃあ、あなたがあの……」

女の子は目を丸くして、まじまじと将悟の顔を見つめた。

「『あの』ってことは、俺のこと知ってるの？」

「はい。今日からわたしたちのクラスに、編入生が来るって聞いてたんです。——わたし、鶴眞《つるま》心乃枝《このえ》と言います。二年のAクラスなんです」

鶴眞……心乃枝さん、か。名前もきれいだな……。

将悟は深流院学園で初めて出会った女の子の名を、心の中で反芻《はんすう》した。


「ところで、なんで登校中にケーキ買ってくの？」

学校まで案内してもらうため、心乃枝の横について歩きながら、将悟は聞いてみた。

「『マリー・ショコラ』のケーキって、クリームがとってもおいしいんです。雑誌やテレビにも取り上げられて、休日には行列ができるほどなんですよ。わたしたちの学園でも大人気で、特に評判のホイップシュークリームは、午前中に売り切れちゃうんですから」

「けど、生クリームだろ？　早く食べないと腐っちゃわないかな？」

「もちろん。このクリームは、作りたてで食べないと意味がないんです」

心乃枝は道路の反対側にある広い公園を指さした。

「——わたし、毎朝、あの公園でケーキ食べるのが日課なんです。食べ忘れると、一日活力が出なくって」

心乃枝《このえ》が指さす先にあるのは、並木に囲まれた公園だ。外周に沿ってウォーキング・ロードがめぐり、その中に芝生《しばふ》が広がっていた。中央には細長い時計塔が立っている。

「どうです？　帝野《みかどの》さんも一緒に食べていきませんか？」

「えっ、お、俺《おれ》も!?　——けど、早く学校行かないと……」

「まだ間にあいますよ。それとも、ケーキ仲間になってくれなきゃ、道案内、してあげませんよ？　——さっき助けていただいたお礼もしたいですし」

「う……。そんなに言うなら、ご一緒させてもらおうかな」

心乃枝は将悟《しょうご》を連れて公園に入り、芝生のベンチに座った。持っていたケーキ箱を膝《ひざ》に乗せて、左右にふたを開く。

将悟は隣に腰を下ろし、ワクワクと箱の中をのぞく心乃枝の横顔を見た。

——朝っぱらからシュークリームか……。胃にもたれそうだなぁ……。

そんな目で見ていると、気づかれたらしい。心乃枝がムッとにらみつけた。

彼女は箱から、普通のサイズより一回り大きなシュークリームを取り出す。両手で持ってまん中で割ると、片方を将悟の前にずいっと差し出した。

「はい！」

朝から甘そうなシュークリームを前に、将悟は少しとまどった。

「さっぱりほどよい甘さなんですよ！　食べてたしかめて！」

ぐいっと、将悟の前にシュークリームを押しつける。

この子、おとなしそうな顔して意外と強情そうだなぁ……。

しょうがないから受け取って、クリームをペロッとなめてみた。

「――あ、ほんとだ。意外とさっぱりしてて、うまいな」

ふっくらしたさわやかなクリームの味が口の中に広がり、溶けていく。これなら、朝からでも食べられそうだ。

「でしょ?」

心乃枝はニッコリほほ笑んで、自分のシュークリームを口に運ぶ。

二人でシュークリームを食べ終わり、しばらく淡い甘さの余韻にひたっていた。

ふと、周囲に鳩《はと》の鳴き声の音楽が鳴り響いた。芝生のまん中の時計塔からだ。

ポッポー、ポッポーと、鳩の模型が短いメロディを奏でている。

「面白いでしょ、あの時計。毎時間○分と三十分に鳩が出てきて、歌うんですよ。○分のときは長いメロディ、三十分のときは、短いメロディなんです」

「へぇ、凝ってるんだな。長いメロディはどんなんだろ」

「あと三十分座っていれば聞けますよ。――なんて、それじゃ遅刻しちゃいますね」

「初日から遅刻なんてゴメンだよ。そろそろ、学校に行ったほうがよくないかな」

「そうですね。行きましょうか」

心乃枝《このえ》はケーキの箱を折りたたんで鞄《かばん》にしまい、立ち上がった。

「あ、待って」

将悟《しょうご》も立とうとすると、ふいに心乃枝が手で制した。

将悟の前に立って背を丸め、ゆっくりと顔を近づけてくる。

「じっと、しててください」

「な、何……？」

「動いちゃダメですっ」

言われるまでもなく……将悟は心乃枝の顔を、息がかかりそうなほど目前にして、固まったように動けなくなった。

恥ずかしくて、心乃枝の顔を直視できない。視線を下にずらすと、丸くふくらんだ胸がある。背を屈《かが》めた格好で、丸い胸の曲線が強調されて見えた。

思わず、白いクリームがたっぷりつまった丸いものを想像してしまう。

「うっ、し、シュークリーム……」

「はい？　もっと食べたいんですか？」

「食べない食べない！」

「……ヘンな帝野《みかどの》さん。そのままでいてくださいね」

心乃枝はポケットから白いレースのハンカチを取り出して……ハンカチに包まれた指先

を、将悟の口元に押し当てた。

「むぐっ……」

そのまま唇に沿って、まっすぐ横に動かす。

唇に触れる、ハンカチ越しの心乃枝の指先。細い二本の指。折れてしまいそうに繊細かつしなやかで……。

指先を離すと、心乃枝はようやく顔を遠ざけた。

「はいっ。口にクリームついてましたよ。白ヒゲみたいになってたんだから」

「あ、ありがとう……」

将悟は呆然《ぼうぜん》と心乃枝を見た。

「そんな驚かないでください。あのまま学校行ったら、笑われちゃいますよ」

初対面で口をふいてくれるなんて。鶴眞《つるま》さんって、面倒見のいい女の子なのかなぁ。

思わず見つめると、心乃枝は恥ずかしそうにハンカチを振った。

「い、いつもは、こんなことしませんよ。……でもたしかに、今日のわたし、ちょっとヘンかも。帝野さんにぶつかったり、シュークリーム一緒に食べちゃったり……」

ふふふ、と自分でもおかしそうに、心乃枝は笑った。

「――なんだかわたしたち、ずっと前から・知りあってたみたい・」

「え……？　ずっと前から……？」

「こういうの、なんて言うか知ってます？」

「……なんて言うんだい？」

「『運命の出会い』です」

将悟《しょうご》は、ケーキ屋の前で初めて心乃枝《このえ》の顔を見たときを思い返した。

あの一瞬、彼女の美しい顔に、たしかに惹《ひ》きつけられた。

それが……運命？

「なーんて、冗談ですってば！　何マジメな顔してるんですかっ」

心乃枝はチロッといたずらっぽく舌を出した。

「じょ、冗談……？」

「さ、ほんとに急がないと、遅刻しちゃいますよ」

ドキドキしてる将悟をよそに、心乃枝は歩き出す。

将悟は立ち上がりながら、彼女の背中を見つめた。

唇には、ハンカチ越しに触れた心乃枝の指先が、今も残っているようだった。

そして頭にこびりついている、シュークリームよりも柔らかそうな胸。

「帝野《みかどの》さん？　学校、行かないんですか？」

「い、行くよ！　待ってくれ！」

心乃枝の声で我に返り、将悟はあわててあとを追った。

§

私立深流院《みりゅういん》学園高等学校。大正時代に、当時の実業家・深流院石人《せきと》によって設立された学校だ。将来の日本を担う企業家を育成することを目的とし、特に大正～昭和中期にかけて、財界や政界に多数の卒業生を送り出した。

現在もその志は受け継がれ、多くの企業家や政治家の子息が在籍している。

「由緒ある学校とは聞いてましたけど、本当に歴史の重みを感じさせる建物ですね」

将悟は新たなクラスに向かうため、深流院学園の二階廊下を歩きながら、窓の外を眺めた。中庭の向こうに、もう一棟、古風な西洋建築の校舎が見える。

「まーねー。見た目は古いけど、あちこち改築されたり建て増しされたりしてんのよ」

将悟の前を歩く女性――彼のクラス担任となる、小都里《ことり》まい子先生が言った。歴史の先生で、クラス委員会や生徒会の指導もしているらしい。

――それにしても、この人、ほんとに先生だよな……？

背丈は将悟の胸の高さほどしかない。紺のジャージを着て、短いツインテールの髪形。髪を結んでいるのは、クマのキャラクターのブローチだ。

どう見ても中学生にしか見えないんだけど……。いや小学生かも。

すると、小都里《ことり》先生がギロッとにらみながら振り返った。

「今、ヘンなこと考えてなかったか？」

「いっ、いえ考えてません！　頼りになりそうな先生だなーって……」

――この人、エスパーか⁉

「言っとくけどなー、せんせーは生徒と恋愛する気なんざないから覚えとけよ」

……少なくともエスパーではないらしかった。

「帝野《みかどの》、前は帝野グループの英才教育アカデミーにいたんだって？　瀬利《せり》っちから聞いたんだけどさ」

「瀬利っちって……瀬利さんのことですか？　――知りあいなんですか⁉」

瀬利秘書は、将悟《しょうご》の編入手続きをしてくれている。だから小都里先生と顔見知りでもおかしくないけど……先生の呼び方は、なんだか友人のようだった。

「瀬利吏沙《りさ》は、せんせーの大学時代の後輩なんだよ。卒業後は帝野グループに就職したって聞いてたけど、彼女が編入書類を持って来たとき再会してさ、驚いたねー」

「へぇ。世間って狭いんですね」

「それで帝野は、アカデミーから、なんでまたこの学園に編入しようと思ったんだ？」

彼が帝野グループの次期社長候補であることは、まだグループ内上層部だけの秘密事項だ。したがって、将悟の『生涯の伴侶《はんりょ》探し』の目的も、知っているのは将悟の母や親族、それに瀬利秘書など一部の人間だけだ。

「俺《おれ》、思ったんです。アカデミーでみっちり経営学を学ぶのもいいけど、高校時代にこういうのびのびした学園で青春を送るのも大切かなって。それにこの学園は、父さんも卒業した学校ですから」

正確な答えではないが、それもまた、将悟の本音だった。

思えば、父は帝野グループのために、命を縮めるような忙しさで働いていた。将悟だって帝野グループの社長になったら、遊ぶヒマすらなくなるかもしれない。

だから父は、今のうちに遊んで、恋愛をしておけって言いたくて、『生涯の伴侶を見つけること』なんて条件を出したのかもしれない。

「俺、この学校で、まず何よりも楽しく過ごしたいです。友だちを作って、その、できれば彼女とかも……」

「なるほどね。せんせーも担任として応援するよ！　思う存分セイシュンしな！」

「はい、ありがとうございます！」

「なんせこの学園は、かわいーコが多いからねぇ〜」

小都里先生はちょっとオヤジくさく、いしししと笑った。

将悟は歩きながら、通りすぎる教室の中を見た。朝のホームルームの時間だ。パッと見たところ、七割の生徒が女子生徒だった。

「ウチの学校って、政財界の子息だけじゃなく、娘を上品に育てたいって考える親の子が多く入学するんだよ。上流作法の授業なんかもあるからね」

「どうりで、女の子が多いんですね……」

「ただぁーし！」

突然、小都里《こと り》先生はドスのきいた声になって将悟《しょうご》をにらみつけた。

「ウチのかわいい生徒を泣かすようなことしたら、即、退学ッ！　覚悟しとけ‼」

「わわ、わかってます！　泣かせたりしません！」

将悟はサッと右腕を上げ、宣誓のポーズを取った。

「よぉーし。じゃ、行こうか」

小都里先生は笑顔に戻り、二年Aクラスの教室に向かって歩き出した。

「今日から一緒に勉強する、帝野《みかどの》将悟です。一人っ子なので、この学校で友だちがたくさんできたらいいなって思ってます」

将悟は新しいクラスメイトの前で自己紹介し、深々とおじぎをした。

クラス中の視線が、まっすぐ彼に注がれている。

『あのカリスマ社長、帝野熊五郎《くま ご ろう》の息子ってどんな人だろう？』

みんな好奇心を丸出しにして、芸能人でも見るような目を向けている。

「実は俺《おれ》、登校するとき、道に迷って遅刻しそうになったんです。方向音痴かも……。この学校もやたら広くて、慣れるまで迷いそうで、もし廊下で迷子になってたらこのクラスまで連れ帰ってやってください」

将悟のドジ話に何人かの女子がくすっと笑い、つられたように、教室のあちこちから親しげな笑い声が上がる。それからみんな、周囲の生徒どうしで将悟の感想を言いあった。

思ったより普通とかけっこうカッコイイとか、頭よさそうとか案外バカっぽそうとか。

よかった。これなら、すぐにクラスに溶けこめるかも。

将悟はクラスの面々を見回して——一番後ろの席で目を止めた。

心乃枝《このえ》が座っていた。将悟と目があうとニコッと笑顔を見せ、軽く手を振ってくれる。

将悟も手を振り返そうとして、ふと気づいた。

心乃枝の隣。一番後ろの、窓際の席。

そこに、将悟を見ようともしない、小柄な女子生徒がいた。

左右にわけて結った髪が風に揺れ、ほおづえをつきながら外を見ている。

すると、見られていると気づいたのか、彼女が顔を向けた。

一瞬目と目があって——彼女はぷいっと目をそらし、また窓の外を見つめ続けた。

——俺、何か不愉快な自己紹介しちゃったかな……？

「ほらほらー、静かにしろーっ」

小都里《ことり》先生が両手を叩《たた》き、生徒たちを静める。

「じゃあ、帝野《みかどの》の席は……どうしようかねぇ」

一人の生徒が手を挙げた。心乃枝《このえ》だった。

「先生、わたし横に一つずれますから、隣に来てもらうのはダメでしょうか？」

「そうだな。鶴眞《つるま》はクラス委員だから、わからないことがあったら教えてもらえよ」

それから軽く座席移動があり、将悟《しょうご》は新しくできた自分の席に座った。

隣席になった心乃枝が、ニッコリほほ笑みかけてくる。

「ふふ、また隣に座っちゃいましたね」

「ほんとだね。これからよろしく、鶴眞さん」

将悟はあいさつして、次に反対側の隣を見た。

そこに座っているのは……さっきから目を背けている女子生徒だ。

今も将悟になど感心ないように、窓の外を見ている。

「神凪《かんなぎ》さん、ですよ。神凪雅《みやび》さん」

心乃枝がそっと耳打ちして教えてくれる。

「よろしく、神凪さん」

しかし神凪雅は、ちらりとも将悟を見ず、返事もしなかった。

§

「神凪《かんなぎ》さんって、あまりしゃべらない人なのかな？」

放課後、将悟《しょうご》と心乃枝《このえ》はそれぞれ大きなゴミ袋を抱えながら、廊下を歩いていた。掃除の時間、将悟は、一人で重そうにゴミ袋を抱えていた心乃枝を手伝い、今はゴミを捨てに行く途中だった。

さすがに有名人の将悟らしく、すれ違う生徒たちがみんな振り返る。

「話しかけても返事してくれないし……。もしかして、嫌われることしたのかなぁ」

「神凪さん、去年もわたしと一緒のクラスでしたけど、そのときから、あまり人と接さない性格みたいだったんです」

「人見知りする性格とか……？」

「わたし、神凪さんもみんなと仲よくなれたらいいのにって思ってるんですけど……」

──笑顔が似あいそうな、かわいい子なのに。もったいないなぁ、と将悟は思った。

二人は校舎を出て、裏庭に入った。

ここには将悟と心乃枝のほか、誰《だれ》もいない。

「静かだと、ホッとするね」

将悟はふうっと肩の力を抜いてつぶやいた。今の今まで、歩くたびに学園中の注目を集めていたのだ。

「やっぱり、気にしてましたか？　みんな見てましたもんね」

「いや大丈夫だよ。緊張してただけ。――すぐに、俺《おれ》なんか珍しくなくなるって」

将悟が笑うと、心乃枝もつられて笑顔になった。

裏庭の奥に一本の大きな木が立っていて、根元にゴミの集積場がある。

「よし、これで今日の掃除は終わり、と」

将悟は集積場にゴミを置いて、両手をはたいた。

「ありがとうございます。手伝っていただいて……」

「このくらい、なんてことないよ――それに鶴眞《つるま》さん、これから、クラス委員会に出るんだろ？」

「でも、わざわざ……。帝野《みかどの》さんがゴミ当番のときは言ってくださいね。今度はわたしが手伝いますから」

「平気だって。俺、どんなゴミの山でも、一人で持ち上げてみせるよ」

すると心乃枝は、ちょっと口をとがらせた。

「――ふ～ん。帝野さん、わたしと一緒じゃ、イヤなんだ」

「えっ？」

「わたしと一緒に歩きたくないから、一人でゴミを持つなんて言うんだ」

「い、いや、そんな意味じゃないよ。鶴眞《つるま》さんに面倒かけたくないから……」

将悟《しょうご》があわてて言いつくろうと、心乃枝《このえ》は口に手を当ててクスクス笑い出した。

「もうっ、冗談ですよ！　ほんと帝野《みかどの》さんって、からかいがいがあるんだから」

「って、からかったのかよ……」

将悟はガックリと肩を落とした。

朝も『運命の出会い』だなんて、冗談を言われたのだ。

「ふふっ。また見事に引っかかるとは思いませんでした」

「まったく……。あ、そうだ。鶴眞さん、言おうと思ってたんだけど……」

「どうしたんですか？」

「俺《おれ》の呼び名なんだけどさ、名字より、名前で呼んでくれたほうがうれしいかなって」

「名前で……ですか？　いいですけど、どうして？」

「ほら『帝野』って言うと、みんな『帝野グループ』って会社の名を思い浮かべるじゃないか。さっきみたいに、ヘンに注目されたりさ。俺、昔から自分が父さんの会社と同一に見られるのが苦手で。友だちには、名前で呼ばれたほうが落ちつくんだ」

「じゃあ……、わかりました。将悟……さん……」

心乃枝はちょっと恥ずかしそうに、うつむいて呼んだ。

「うん。そう呼んでくれたほうが、うれしいかな」

「なんか、名前で呼ぶのって不思議な気分ですね」

「はは、すぐ慣れるよ」

「そうですよね、将悟さん。――将悟さん、将悟さん」

心乃枝は顔を赤くして、『将悟さん』を繰りかえした。

さすがに、女の子から何度も名前で呼ばれるのは恥ずかしい。

「別に、そんなたくさん呼ばなくてもいいってば」

「だって、すぐ慣れたいんですもん。もしかして将悟さん、恥ずかしがってます？」

「は、恥ずかしくないよ。――あんまり、からかうなってば」

将悟は心乃枝のおでこを小突くマネをした。

「やん、将悟さん怖いですぅ」

ちっとも怖がってない声で叫びながら、心乃枝はピョンと後ずさりして避ける。

「ほら、逃がすかっ」

将悟は心乃枝の肩を取っ捕まえてやろうと両手を突き出して――

心乃枝の背が校舎の壁に当たって、彼女は立ち止まった。

勢いあまった将悟の両腕が、そのまま壁に突き立てられる。

「あ……」

将悟の腕の間に、追いつめられた心乃枝が挟まった格好になってしまった。

心乃枝《このえ》も驚いて目を見開いて、じっと将悟《しょうご》を見つめ返す。体を強《こわ》ばらせ、防護するように両腕を胸元で組んでいた。

「つ、鶴眞《つるま》さん……ゴメン……」

「心乃枝、って……」

「え？」

「心乃枝って、呼んでください。わたしだけ将悟さんを名前で呼ぶなんて、不公平です」

「でも、鶴眞さんは別に、名前で呼ぶ理由なんて……」

「わたしだって、将悟さんって名前で呼ぶの、恥ずかしいんですよ」

「言われてみれば……。そ、それなら、心乃枝さん……」

「『さん』はいりません。『心乃枝』だけでいいです……」

女の子を名前で、それも呼び捨てにするなんて……。

でもなんだか、声に出したらすごく甘くて美しい響きになる気がした。

「こ、心乃枝……」

「ふふっ。声が震えてますよ。あんまり女の子に、慣れてないんですね」

うっ……と、将悟は言葉をつまらせた。

この一年、帝野《みかどの》グループの英才教育アカデミーに単身教育クラスを特設してもらい、一人で社長の特訓にはげんでいたのだ。おかげで、同年代の女の子と触れあう機会もほとんどなかった。

「これからは……もっと慣れると思うよ」

心乃枝はまっすぐ将悟を見つめていた。将悟は心乃枝を直視するのが恥ずかしくて、目をそらしそうになる。

と、気がついた。心乃枝は、将悟の目よりも、もう少し上に視線を向けている。

「大きな傷……」

心乃枝のつぶやきに、将悟はハッとした。あわてて、自分の額に手を触れる。

将悟の額には、横に伸びる大きな傷跡があった。普段は前髪で隠して見えないようにしているが、さっき激しく動いたとき、髪が乱れてしまったらしい。

「これさ……子供のころのケガらしいんだ。俺《おれ》も両親から聞いただけで、なんのケガか、よく覚えてないんだけど。——ゴメン、ヘンなもの見せちゃったね」

そそくさと前髪を整え、傷跡を隠そうとした。

ところが、心乃枝はその手を止めると、両手で将悟の頭をそっと抱えた。

「心乃枝……？」

そのまま心乃枝は、ゆっくり将悟の額を引き寄せ……コツンと彼女の額に触れさせる。

「痛いの痛いの〜、飛んでけ〜」

目を閉じ、呪文《じゅもん》のようにつぶやいて、静かに額と額をこすりあわせる。

終わると額を離して、ニッコリ笑顔を見せた。

「痛いの、治りました？」

「心乃枝《このえ》……気持ち悪くないの？」

「どうしてですか？」

「だって、こんな傷……。初めて見ると、みんなちょっと引いちゃうんだ。無理もないと思うけど。——よく平気だね」

「もちろんですよ。生きてる証じゃないですか。人は傷つきながら生きていくんです。わたし、そういうの嫌いじゃないです」

「生きてる証か……。そうかもしれないね……。おかげで、全然痛くなくなったよ」

実際は、傷跡が残っているだけで痛みはないのだが、優しい心乃枝に調子をあわせた。

いや本当に、『醜い傷跡がある』という、心の痛みが治ったのかもしれない。

なんだか癒やされた気分になって——将悟《しょうご》はふいに気づく。

——こ、心乃枝の顔……近すぎる……っ。

二人の顔は、ちょっと背中を押されたら、キスしてしまいそうな距離にあった。

心乃枝も気づいたらしい。ポッとほおを赤く染めて、目を見開いた。

「し、将悟さん……」

離れなきゃ……。心乃枝が恥ずかしがってる……。

しかし将悟は、どうしても心乃枝から顔を離すことができなかった。いやむしろ、ほんの少しずつ、彼女のほうに引き寄せられていた。

まるで心乃枝の、魅力という引力に引かれているように。

心乃枝もまた……その場から動こうとしなかった。

いけない……。こんな、いきなりキスしたら、いけない……。

心ではそう思っても、将悟は止められない。

かわいくて、魅力的で、優しい女の子。そんな彼女の顔が、すぐ触れられそうな位置にあった。柔らかそうな唇が、どんなお菓子よりも甘そうに思えた。

心乃枝は……驚いて動けないだけなんだ……。

頼む、心乃枝……。早く逃げてくれ……。俺《おれ》を、突き飛ばしてくれ……。

しかし心乃枝は、覚悟を決めたのか、それとも怯《おび》えたのか、そっと目を閉じる。

そ、そんな、心乃枝……。こ、このままじゃ、俺たち……ほんとに……。

ほんとに、キスしちまう……。

二人の唇と唇が、紙一枚の隙間《すきま》しかないほどにまで近づいて……

直後、将悟の頭に何かが当たって跳ね飛んだ。

「いてっ！」

「きゃ」

将悟《しょうご》と心乃枝《このえ》は同時に小さな悲鳴を上げた。

見ると、すぐ横の地面にジュースのアルミ缶が転がっている。

「大丈夫ですか!? 将悟さん！」

「あぁ、大したことない。けど、なんで空き缶が……？」

将悟は飛んできた方向に目を向ける。集積場の隣にある、大きな木。

青々と葉を茂らせた枝が、突然揺れ出した。

「誰《だれ》か、いる……？」

バサッと木の葉を散らしながら、何者かが飛び下りた。ずっと隠れていたらしい。

軽快に地面に降り立ち、じっと将悟を見つめ返すのは、一人の少女——。

「あーあ、見せつけてくれるわねぇ。学校でいったい何やってんだか」

朝から将悟を見ようともしないクラスメイト、神凪雅《かんなぎみやび》だった。

「い、いえ、なんでもないです！ これはその、将悟さんの髪のホコリを……」

あたふたと心乃枝は言い訳をした。傷、と言わないのは、彼女の優しさだろう。

しかし雅は冷ややかな視線を向ける。

気まずい空気の中、両者が硬直したとき……

「心乃枝ちゃ～ん」

と、遠くから心乃枝を呼ぶ女子生徒の声が聞こえた。

将悟たちが振り返ると、裏庭に入ってすぐのところに二人の女の子が立って、心乃枝に向けて手を振っている。

「クラス委員会、もう始まるわよ～っ」

「あ、生徒会長と副会長。――ごめんなさい、将悟さん。わたし、もう行かないと……」

「クラス委員の仕事があるんだったね。悪い、引き止めちゃって」

心乃枝は不安そうに、将悟と雅の顔を交互に見た。

「俺《おれ》は大丈夫だよ。気にしないで、行ってきな」

空き缶を集積場に捨てると、心乃枝はなごり惜しそうな顔で、生徒会長たちのほうに駆けていく。

心乃枝たちが去ったとき、突然、雅の声がした。

「――ねぇ、将悟」

いきなり名前を呼び捨てにされて、将悟はドキッと振り返る。

雅が目の前に歩いてくる。ちょっとにらむような目で見ていた。

「何ビックリしてんのよ。名前で呼んでほしいんでしょ？」

「聞いてたの？」

「違うわよ。木の上で寝てたら、勝手に聞こえてきたの。――編入早々に女を引っかけるなんて、将悟ってもしかして、女たらし？」

「ひ、引っかけてなんかないよ。鶴眞《つるま》さんと、掃除をしてただけだよ」

あわてて言い訳する。ヘンな誤解されたら、心乃枝《このえ》にまで迷惑をかけてしまう。

「ふ～ん。名前で呼びあって、キスしようとするのが、掃除をしてただけ、ねぇ」

そりゃ、掃除だけって言うには、無理ある状況だったよな……。

「あれは心乃枝が——いや、鶴眞さんが、俺《おれ》の額の傷、見てくれてたんだ」

将悟《しょうご》が髪をかき上げてみせると、雅《みやび》はまじまじと無言で見つめた。

驚くわけでもなく、珍しがるわけでもなく、妙に真剣な眼差《まなざ》しで。

——ビックリしないなんて、神凪《かんなぎ》さんってけっこう肝が据わってる子なのかも。

しばらくして目を離すと、雅はニコッと笑顔になった。

「な～んだ、そうだったんだ」

——無邪気に笑うと、神凪さんってけっこう、いや、かなりかわいいよなぁ。

クラスメイトなのに、年下の後輩……いや、妹を見ている気分になってしまう。

「じゃ、鶴眞さんとは単なるクラスメイトなんだね」

「もちろん。——でもよかった、神凪さんと話すことができて。今日、ずっと返事をしてくれなかったから、嫌われてるんじゃないかって不安だったんだ」

「雅」

「え？」

「鶴眞さんのこと、名前で呼んでたでしょ。単なるクラスメイトなのに。だったら、あたしだってクラスメイトなんだから、名前で呼ばなきゃヘンじゃない？」

なんか強引な理屈だな……と思うけど、反論する言葉がない。

「わかったよ。み、雅……。──これで、いいのかな？」

「ん。な━んか投げやりねぇ。鶴眞さんのことは、もっと仲よさそうに呼んでたのに」

「それは、鶴眞さんとは朝も話してたから……」

「ね、将悟。鶴眞さんとは、ほんとにただのクラスメイトなんだよね？」

「そうだってば。信じてくれよ」

「ふ〜ん。じゃ、証明してもらおっかな」

「証明って？」

雅は手を後ろに組んで目を閉じ、小さく唇を突き出す。

「キス、して」

「はい？」

「単なるクラスメイトとキスできるなら、あたしとだってできなきゃヘンでしょ」

──神凪さん、俺を挑発してるのか？

「だから、さっきのはキスするつもりじゃなくて……」

「いいからキスしてよ」

「いやだ」

「じゃあチューして」

「断る」

「接吻《せっぷん》ならどう？」

「言葉変えただけじゃねーか」

「しょうがないなぁ、舌入れるだけで許してあげる」

「舌……？」

一瞬なんのことかわからず、しばらく考えて——将悟《しょうご》は、頭の中がカッと熱くなった。

「落ちつこうぜ。俺《おれ》たち、今やっと話ができたばかりじゃないか。キスとか、冗談でも言うことじゃないよ」

すると雅《みやび》は、ムスッと不機嫌な目で将悟をにらみつけた。

「あっそ！　ふんっ、もういい!!」

逆ギレ気味に叫んできびすを返すと、ツンツンした態度で肩を怒らせ、歩いていった。

裏庭から出て校舎の角を曲がり、姿が見えなくなる。

「なんなんだ？　何を怒ってるんだよ……？」

将悟は呆然《ぼうぜん》として、いつまでも雅の消えたあとを見送っていた。

心乃枝《このえ》もちょっと不思議な子だけど、雅はそれ以上の奇想天外さだ。

でも――と、将悟は思う。今まで見たところからして、神凪《かんなぎ》雅というのは、かなりの気分屋で、ヒネクレ者なんじゃないか。

もっと友だちになれば、雅という女の子のことが理解できるようになるかもしれない。

そう考えながら、将悟はようやく、長い編入初日の学園生活を終えたのだった。

§

「ふぅ……。なんだか、疲れた一日だったなぁ……」

自分の部屋で、将悟はため息をつきながら大の字に寝転がった。

今日から将悟が暮らすのは、学園から小さな路地一つ挟んだ隣に立つ、木造二階建ての小さなアパートの一階だ。管理人が昔、母と仕事上のつきあいのあった人らしく、一部屋を貸してくれることになった。

近隣の住人は大学生や若いサラリーマンらしい。生活時間が違うのか、あまり顔をあわせたことはない。

『将悟。きちんと、生涯の伴侶《はんりよ》となる女性との愛を育むのですよ』

と、アパートの鍵《かぎ》を渡しながら、母は言っていた。

「愛を育むって……」

一人つぶやいて、将悟《しょうご》は思わず顔を火照《ほて》らせた。

学園には寮もあるが、当然男女別である。母がわざわざアパートを借りてくれたのは、女の子との時間を過ごすためなのだ。

六畳ほどの居間。フローリングの床に、家具は勉強机と本棚と座卓、それにベッドと着替えの入ったクローゼット。あとはキッチンの小さな冷蔵庫と庭の洗濯機。一人暮らしに必要な、最低限の家具があるだけだ。

ふと将悟は、壁にかけられたカレンダーを見つめた。

今日は四月十五日。

「そうだ、俺《おれ》の誕生日だったな」

忘れてたわけじゃないけど、編入日とあって忙しく、考える間もなかった。

彼の誕生日は早い。小学校でも中学校でも、誕生日がクラスで一番最初だった。

将悟は十七歳になったのだ。なのにその晩を、一人で過ごさなくてはならない。

——心乃枝《このえ》に、俺の誕生日だって教えればよかったかな。

実際は、誕生日を教えるどころか、携帯番号の交換もできなかったけど。

ふと将悟は、隣に心乃枝が座っているのを想像した。

『お誕生日おめでとう、将悟さん。誕生日プレゼントは、わたしの……キスです』

キスしそうになったときの心乃枝の顔を思い出し、将悟は一人、顔を赤くした。

それから今度はなぜか、雅《みやび》が隣にいるところが思い浮かんだ。

『ふーん、将悟、誕生日なんだ。じゃあお祝いに、あたしにチューさせてあげる』

心臓がドキドキしてしまい、将悟は雑念を振り払った。

——そ、そういうことは、もっと仲を深めた相手とだ！　俺は心から愛し愛される、ただ一人の女性を探しに来たんだ。淫《みだ》らな男女交際のためじゃない！

想像の心乃枝や雅が消えると、また部屋の中が静かに感じられた。

夜。外はもう暗い。

ピンポーン。インターホンが鳴る。

「クールたべもの便でーす」

玄関に出ると、運送業者のお兄さんがダンボールの小箱を抱えて立っていた。伝票にサインして、荷物を受け取る。あて名は『帝野《みかどの》将悟』。発送人は……無記名だ。

部屋に戻り、ダンボール箱を開ける。中には、白いケーキ箱が入っていた。

『マリー・ショコラ』という洋菓子店のものだ。ダンボールから出して座卓の上に置く。テープをはがしてふたを開けると、ぶわっとドライアイスの冷気が噴き出した。

中に入っていたのは……直系十センチほどの、小さな丸いケーキ。白いホイップクリームに包まれ、赤い苺《いちご》の乗ったケーキ。

そしてケーキには、細いロウソクが——十七本、すでに立てられていた。

これは将悟《しょうご》の誕生日に送られた、バースデーケーキ……？

——誰《だれ》か、ケーキ送ってくれるような人、いたっけ？

母は、息子にケーキを送るような性格じゃない。瀬利《せり》秘書は事務的な性格で、自分からケーキを送るなんてしないだろう。

中学時代の友人は、そもそも今の将悟が住んでいる場所なんか知らないだろうし、仮に知ったとしても、ケーキより先に電話をかけてくるだろうし……。

この店のシュークリーム、心乃枝《このえ》が買ってたんだよな。

ということは、心乃枝が？　けど、心乃枝は俺《おれ》の誕生日なんか知らないはず。

雅《みやび》だって知らないはずだし、ほかに誕生日を教えた人はいない。

クラスメイトの名簿はもらったけど、そこには名前と性別しか書かれていなかった。

この学園には政界や財界の子息も多く通うから、個人情報の保護に気をつかっている。

生徒の住所や電話番号などを知りたければ、通常は本人から直接聞くしかないのだ。

もう一度ダンボール箱の中を見ると、ケーキ箱のほかにもう一つ、赤い小箱があった。

ケーキ用の備品かと思ったが、開けてみると、中身はまったく違っていた。

「人形……？」

中に入っていたのは、小さなおもちゃの人形だ。シルバーの体に、機械の面を被《かぶ》った顔。

特撮番組のヒーローらしい。自由にポーズを取って遊べる、男の子向けのおもちゃだ。

「どうしてこんなものが……。ん、待てよ」

ヒーローの顔をじっと見つめ……将悟は、何かを思い出しそうになった。

——そうだ……このヒーロー、知ってるぞ。たしかえーっと……。

「改造戦士グランベリオンかっ！」

思い出した瞬間、大声で叫んだ。

改造戦士グランベリオン。将悟が子供のころに放映された特撮ヒーロー番組だ。

マイナーに終わった子供向け番組で、今では大半の人に忘れられた存在である。

「そうだ……。俺、子供のころこの番組、好きだったんだよな。懐かしいなぁ……」

——こんなおもちゃまで、いったい誰が用意したんだ？　俺が好きだったの、知ってて送ったのか？　自分でも忘れかけてたのに……。

小箱にはさらに、一通の白い封筒が入っていた。中を開いてみると……

「写真……？」

封筒に入っていたのは、色の褪《あ》せかけたカラー写真。どこかの遊園地の光景だ。

中央には二人の幼い子供が写っていた。幼稚園児くらいに見える。白いシャツのペアルック。片方の子はズボンをはいて、もう片方はスカート。男の子と女の子なのだろう。

男の子は正面を向いている。女の子はカメラに背を向け、男の子に抱きついている。顔はおかっぱの髪に隠れて見えないけど……男の子のほおに、キスをしているようだ。

「――これ、俺《おれ》か……？」

記憶にない光景だが、男の子は将悟《しょうご》だ。アルバムの、幼い彼と同じ顔をしている。写真の裏には、十年近く前の日付と『根古屋ファンタジックパークにて』という文字。

――間違いない。父さんの筆跡だ。

「なんだ、この写真……？　この女の子は誰《だれ》だろう？」

トゥルルルル……。

突然携帯電話の着信音が鳴った。

鞄《かばん》の携帯を取り出すと、『非通知着信』と表示されている。誰からだろう？

「もしもし」

何も聞こえない。無言電話か？

『もし……もし……』

しばらくして、声が聞こえた。人の声だ。

しかし普通の声じゃない。妙に音のキーが高かった。

プライバシー保護のため、音声は加工してあります――という、よくテレビで見かけるテロップを思い出した。わざとなのか？　それとも電話の調子が悪いだけ？

「もしもし？　どなたですか？」

『お兄……さま……』

「……？　もしもし、誰ですか!?」

『——お誕生日おめでとうございます、お兄さま』

お誕生日？　てことは、この声の相手が、俺にケーキを送ったのか？

「誰なんだ……？　『お兄さま』って、どういうこと……」

『わたくしはお兄さまの……妹です』

「いも……うと……？　キミがケーキ送ってくれたのか？」

「わたくしのお祝い、受け取っていただけましたか？」

「お祝いって……。グランベリオンの人形もだよな。この写真はいったい？」

『幼いころ、熊五郎《くまごろう》お父さまがお兄さまと一緒に、遊園地に連れていってくださった日の写真なんです。お兄さまのほっぺにキスしてるのが、わたくしなのです』

「たしかに写ってるの、俺だけど……。キミは、俺が知ってる人なのか？」

『昔、わたくしはお兄さまのそばにいたのです。——今はただ、再会できて幸せです』

「お兄さまに再会って言われても……。俺は妹なんか……」

言いかけたとき、一年以上前の葬儀の日に聞いた、謎《なぞ》の声を思い出した。

それから次々に、急速に浮かび上がる記憶があって——よみがえった記憶の点が結ばれて、一本の線になった。

葬儀の日に現れた、妹を名乗る声。

妹の存在を、不自然なほど強く否定する母さん。

帝野《みかどの》グループ内で噂《うわさ》される、帝野熊五郎《くまごろう》の隠し子。

いつの日だったか、父さんが言っていた言葉、『――もう一度、あの子をお祝いしてやりたいなぁ』。

そしてたった今送られた、遠い昔の写真。

――俺《おれ》には、俺の知らない兄弟……妹がいる……？

「本当なのか……？　本当に俺には、血のつながった妹がいたのか……？」

『わたくしは今、お兄さまと同じ学園に通っています。お兄さまはとても凛々《りり》しく、頼もしく成長されていて、驚きました。――学校の掃除でゴミ捨てまでなされてて』

同じ学園に通ってる？　俺を見て驚いた？

ゴミ捨てのことまでって……間違いなく、今日の俺を知ってるじゃないか！

誰《だれ》だ？　誰なんだ!?　今日、学校での俺を見ていた生徒は……

あまりに該当者が多すぎた。将悟《しょうご》は学校中の注目を集めていたし、休み時間や掃除の時間も、わざわざ他《ほか》のクラスから彼を見に来る生徒までいたほどだ。

「な、なぁ、名前を教えてくれよ！　何年の何クラスにいるんだ!?」

しかし、『妹』は答えなかった。

『お慕いしております、お兄さま――』

それだけを言って、電話は切れた。

§

一日の終わる夜。心乃枝《このえ》は引き出しからパジャマを取り出し、風呂場《ふろば》に向かった。

深流院《みりゅういん》学園の寮には、学校が借りた民間マンションが使用されている。マンションのロビーはオートロック。生徒一人に一部屋が割り当てられ、エアコンや全自動洗濯機、大型液晶テレビまで完備されている。

脱衣所で服を脱ぎ、心乃枝はバスルームに入った。ユニットバスには、綿アメのような泡が立っている。軽くシャワーで体を流し、白い泡の中に身を沈めた。

「はぁ〜っ、今日一日、いろんなことがあったなぁ……」

心乃枝の頭に、将悟の顔が思い浮かぶ。

「あの人が、帝野将悟さんかぁ……。お掃除手伝ってくれて、いい人だったなぁ……。キスまでしそうになったのは、ビックリしたけど……。いろいろハプニングがあって、わたしのこと、ヘンな女って誤解されてたらどうしよう……。明日はちゃんとしなきゃ」

体が温まると、心乃枝は浴槽から出てシャワーの前に立つ。

泡だてたボディソープを両手に乗せて、体中を洗った。心乃枝はなぜか、いつもおヘソから洗うクセがある。

今日はなんだか、いつもより念入りに洗いたい気がした。

胸を洗おうとして、正面の鏡に映った自分の体に目が止まる。

「将悟《しょうご》さん、今朝、公園で一緒にシュークリーム食べたとき……口についたクリームをふいてあげようとしたとき、わたしの胸、見てた……」

心乃枝《このえ》は、将悟の視線に気づいていた。気づきながら、気づかないふりをしていた。

「やっぱり男の人って、気になるのかな。わたしの胸見て、どう思ったのかな……」

泡だった両手で、左右から自分の胸を押さえる。

「将悟さん、胸見ながら『シュークリーム』って言ったけど……なんのこと……？」

心乃枝は考えながら、鏡に映った自分の胸を見た。

丸い胸から垂れかかった白い泡は、まるで甘くてふわふわのクリームみたいで――

「っ！ し、将悟さん、まさか、わたしのおっぱいがシュークリームみたいって……」

気がつくとたちまち恥ずかしくなって、心乃枝は両手で真っ赤《まか》なほおを押さえた。

「も、もうっ！ 将悟さんのエッチっ!!」

それから、心乃枝はふと思いついて、両手のひらで乳房を下から抱えてみた。

「将悟さん……。わたしのシュークリーム、食べてください……」

十秒ほど凍りついたように固まり、それから全身がボッと茹《ゆ》で上がった。

「キャ～～～～～～～ッ!!　ちち、ち、違いますっ!!　これは、ただの冗談ですっ!!」

ぜーはーと息をしながら、両手を膝《ひざ》についてうなだれる。

なんとか心を落ちつかせて顔を上げると、鏡に映った自分の体が見えた。

「……し、将悟さん、シュークリームだけじゃなくて、全部食べても……いいんですよ」

しばし、風呂場《ふろば》は重い沈黙に支配され……

「キャ～～～～～～～～～～ッ!!」

心乃枝は浴槽に上半身を突っこみ、両手でバシャバシャと泡風呂《あわぶろ》を叩《たた》いた。

「違います！　違います！　違いますっ!!　将悟さんがいけないんですっ！　将悟さんがエッチだから、わたし、こんなこと言っちゃうんですっ!!　将悟さんって、ほんとにエッチなんだからっ!!」

風呂場で一人、盛り上がり続ける心乃枝だった。

2章　妹と月夜のダンス

授業中。小都里《ことり》先生による、歴史の授業の時間だ。

「……こうして六〇七年、小野妹子《おののいもこ》は遣隋使《けんずいし》として派遣されたんだ。——ここまでで質問はあるかぁ？」

「はいっ！」

勢いよく、一人の男子生徒が手を挙げた。

「なんだ、田中《たなか》!?」

「小都里先生を妹にしたいです！」

「スカターン!!」

「ぐはっ!!」

ビシッと投げられたチョークが、田中の額に直撃する。

「言っとくけどな、小野妹子は男だからなっ!!」

そんな授業の光景を眺めながら、将悟《しょうご》は考えこんでいた。

妹……。

俺《おれ》には、妹がいる……。

ずっと昔に生き別れた、顔も名前も知らない妹が……。

昨日の夜、将悟のもとに送られたバースデーケーキ。送り主は『妹』。彼女はこの学園の生徒で、どこかから、将悟のことを見ていたらしい。

毒なんか入ってないだろうな……と一応警戒したものの、ケーキ箱は店で包まれたようだし、結局一人で全部食べた。とろけるようなクリームと甘い苺《いちご》のケーキだった。

いったい、あの電話の『妹』は誰《だれ》なんだ？

思い出してみれば、一年以上前の葬儀の日、謎《なぞ》の声が言っていた。

『わたくしはお兄さまと、結婚しに来たのです』……って。

おそらく、小さな女の子がよく『お父さんのお嫁さんになる！』という感じなんだろう。

そのくらい、兄を慕ってるんだろうけど……。

その彼女が今、この学園で、俺のすぐそばにいるってことか……？

「将悟さん……。将悟さんってば！」

叫び声で、将悟はハッと我に返った。

心乃枝《このえ》が机の脇《わき》に立って、心配そうな顔をしている。

「あ、あぁ、心乃枝……」

まわりを見ると、いつの間にか授業は終わって休み時間になっていた。隣の席の雅《みやび》も、どこかに行ってしまっている。

「なんだかボーッとしてましたよ？」

「ううん、平気だよ。少し、引っ越しの疲れが出たのかも」

『妹』のことは、誰《だれ》にも話していない。もし本当に将悟《しょうご》に異母兄妹がいたとして、それが世間に知られたら、帝野《みかどの》グループのスキャンダルに発展しかねない。

父のスキャンダルとして騒がれるだけならまだしも、当の『妹』まで、マスコミの標的になる可能性があるのだ。

もちろん、相談したところで心乃枝《このえ》が人に話すとは思わないが……どちらにしろ、彼女によけいな心配をかけたくない。これは将悟と家族の問題だ。

それにまだ……本当に妹がいる、なんて確証はないのだ。

「何か、悩みごとに見えましたけど……。わたしに、なんでも相談してくださいね。話したほうが気が楽になりますから」

――気が楽に、か。

たしかに、深刻に考えすぎる必要もないよな。

もし『妹』が本物なら、生き別れの肉親と知りあえたことであり、喜ぶべきだ。

彼女が名乗り出ないのも、生き別れた兄を前に、どんな顔していいか、わからないだけかもしれない。それでも同じ学校にいるのなら、近いうちに会えるだろう。

「よし、もう大丈夫。疲れも吹き飛ばしたさ」

将悟は心乃枝に向かって、笑顔でガッツポーズを取ってみせた。

「ゴメン、心配かけて。それで、俺《おれ》になんか用事だった？」

「あ、はい。――実はですね、将悟さんをお誘いしようって思って」

心乃枝は灰色のチケットを二枚、差し出した。

『深流院《みりゅういん》学園生徒会主催・新入生歓迎ダンスパーティー』と書かれている。

「ダンスパーティー？」

「毎年、生徒会の主催で、新入生歓迎の社交ダンスパーティーが開かれるんです。この学園の生徒なら誰でも参加できますし、豪華な料理も出るんですよ」

社交ダンスか……。

将悟は一年に及ぶ特訓の中で、社交ダンスのレッスンも受けていた。財界のパーティーなどで、そうしたダンスを踊ることもあるからだ。

「社交ダンスって、男女ペアで踊るんだよな」

「ええ。――それであの……わたしと一緒に同伴していただけませんか……？」

――心乃枝とダンス……。将悟は、自分と手を取りあい、白鳥のように舞う心乃枝の姿を想像した。そんな彼女の姿……見てみたい。

将悟《しょうご》はチケットの一枚を受け取った。

「俺《おれ》でよければ、こっちこそお願いしたいくらいだよ」

「うれしい！　パーティーは今度の日曜の夜ですから、一緒に行きましょう」

ちょうど始業のチャイムが鳴り、クラスメイトたちが慌ただしく席についた。

外に出ていた雅《みやび》も戻ってくる。

「雅もダンスパーティー、参加するのか？」

将悟が声をかけると、雅は横目でにらみつけ……

「バッカじゃない⁉」

不機嫌に言って、隣の椅子《いす》にドカッと腰を下ろした。

また何か、気分屋の雅を怒らせちゃったんだろうか。

ムスッとした顔の雅とウキウキ顔の心乃枝《このえ》に挟まれ、複雑な気分の将悟だった。

§

日曜日の夜七時前。

将悟が校門の脇《わき》で待っていると、前に黒塗りのハイヤーが止まった。後部座席の扉が開き、中から一人の少女――いや、淑女と言うべきロングドレスの女性が降り立つ。

「お待たせしました、将悟さん」

心乃枝だった。うす桃色のロングドレスは、長いスカートの脇にスリットの切れ目があって、白い足がチラチラと太ももまで見える。

「な、なかなか大胆なドレスだな」

「初めて着るんです。せっかくの晴れ舞台だから……。似あってませんか？」

「そんなことないよ。いつもより大人っぽく見える」

実際、心乃枝のドレスは大胆ではあるものの、いやらしさは感じなかった。腰のくびれもキュッと引き締まり、普段の制服姿より一段とスリムだ。

「将悟さんこそ、そのタキシード、似あってますよ」

将悟はイマイチ着慣れないタキシードを見下ろした。将来、社交界で交流するときは必要になるかもと思って用意していたのだが、こんなに早く有用になるとは意外だった。

二人は連れ立って歩き、パーティー会場となる特別記念館についた。

グラウンドを横切った先、講堂の隣に立つ三階建ての建物だ。窓にはステンドグラスがはめこまれ、玄関脇の柱にはおごそかに、鷲《わし》の彫像が彫られている。

両開きの大きな扉をくぐって一言、将悟は感嘆の声を上げた。

「はぁ……。ほんとに本格的なパーティーなんだな……」

巨大なシャンデリアが吊《つる》されたホールに、何百人もの生徒たちが集まっている。壁際にはビュッフェ形式の料理が並べられ、上品な香りを立てていた。

会場の後ろには、いくつも白いクロスのかかった丸テーブルが並べられ、高価そうなグラスに入ったジュースや炭酸飲料などが用意されている。

将悟《しょうご》と心乃枝《このえ》は、さらに会場の中のほうへと進んだ。

時計の針が七時ちょうどを指すと、明かりが消え、会場が薄暗くなる。

『れでぃ～す、あ～んど、じぇんとるめ～ん！　本日は深流院《みりゅういん》学園生徒会主催のダンスパーティーにようこそーっ』

スピーカーから派手な声が響いてきた。

「な、なんだ？　やけに軽いノリだな」

「生徒会長の声ですよ。パーティーの実行委員長もつとめているんです」

生徒会長？　そういや、こないだ裏庭で心乃枝を呼びに来たっけ。

突然、スピーカーからジャンジャカと、ユーロビートの派手な音楽が鳴り響いた。

ホール中央の床が左右に割れ、下から円形の舞台がせり上がってくる。天井の隅に設置されたスポットライトが、赤や青の光で照らし出した。

光の中に、一人の女の子がいた。

ピッチリしたボディライン丸出しの、ラメがキラキラ光るシルバーのボディコンスーツ。手には青いフサフサのセンス。

長く柔らかそうに波立った髪を振り乱し、腰をくねらせて踊ってる。

「い・え～い！　みんな～、踊ってるか～い!?　ノリノリかぁ～い!?」

あっけにとられる参加者たちの前で、一人奇声を上げて踊り続ける少女……。

「ずいぶんテンション高い人だね……」

「……天導愛菜《てんどうまな》さんです。わたしたちと同じ二年生なんです。その、普段はもっとおとなしいんですけど、こういうイベントだと人が変わったようにはしゃいじゃって……」

おっとり優しそうな顔立ちに、大きく揺れるバストとヒップ。そのミスマッチさがなんともいえないエロティックさをまき散らしていた。

突然、ホールのあちこちで、何かがバタバタ倒れる音が立て続けに響く。

「人が倒れたぞ！」

「鼻血噴いて卒倒してる！　担架だ、担架持ってこい！」

……純情な新入生男子たちが、鼻血の出血多量で倒れたらしい。

「し、新一年生にこんな悩殺儀礼を浴びせるとは、恐るべき生徒会長だな……」

突然ホールが明るくなり、ブツッとユーロビートが途切れた。見ると、お立ち台……いや舞台の横に立った女の子が、ブチ切れそうな表情でラジカセのボタンを押している。

「もぉ、何するのよぉ～。最っ高の気分だったのにぃ～」

「最っ高じゃありませんっ!!　今日はそういうパーティーじゃないんですのよっ！」

ラジカセを止めた女の子が、天導《てんどう》会長をにらみつけた。

つり目がちの、気の強そうな顔。怒鳴《どな》っていても声は上品で、気高さを感じさせる。

着ているのは、肩や胸元が大きく開いた、黒のシックなドレスだ。

「あの子、こないだ生徒会長と一緒にいたよね」

「生徒会副会長の、国立凛香《くにたちりんか》さんです。一年生ながら、副会長をつとめてるんです」

「一年生で？　まだ入学したばかりだろ？」

「去年までの副会長が転校してしまって、ちょうどポストが空いてたんです。人手が足りなくなってたところ、彼女が名乗り出てくれて。——ご実家は旧華族の血を引く家系なんだそうですよ。筋金入りのお嬢さまだとか」

舞台では天導会長が、まだ踊り足りなそうに腰をクネクネ振っていた。

「うぅ～。一生懸命練習したのにぃ～」

「練習しないでくださいっ。なんですか、その場違いで下品な服は！　生徒会の威厳が台無しですわよ！」

「はうぅ。下品じゃないも～ん……。凛香ちゃんのイジワル～……」

年下の副会長にズケズケと言われて、天導会長はシュンとうなだれた。

それから国立副会長は舞台に立ち、マイクを持って参加者たちに向かいあう。

「え、え～、皆さま、大変失礼いたしました。本日は、我が深流院《みりゅういん》学園生徒会主催のダン

スパーティーにご参加いただき、まことにありがとうございます。——それでは、時間も押して参りましたので、さっそくパーティーを始めさせていただきます。どうぞ、心ゆくまで、学園の仲間との交流をお楽しみください」

どっちが生徒会長かわからない、副会長のしっかりしたあいさつが終わると、会場から拍手が沸き起こった。

シャンデリアがこうこうと輝き、ホールが柔らかな光に包まれる。

ホールのスピーカーから、優雅なワルツの音色が響いてきた。

会場のあちこちで、男女のペアが手を取りあい、ダンスのステップを踏みはじめる。

「——俺《おれ》たちも踊ろうか」

将悟《しょうご》がうながすと、心乃枝《このえ》はちょっと緊張した顔で「はい」とうなずいた。

「わたし、ダンスってあまり慣れてなくて、うまく踊れなかったらごめんなさい……」

「心配しなくても大丈夫。ちゃんとリードするから」

「あの、よろしくお願いしますね」

社交ダンスでは、男性が女性をリードするのがマナーである。

左手で心乃枝の手を取り、右手を背中にまわし、音楽にあわせてステップを踏んだ。

「心乃枝、うまいじゃないか。ほんとに慣れてないの？」

「そんな……将悟さんのリードが上手《じょうず》だから……」

いつの間にか二人のまわりには、輪のように取り囲む人垣ができていた。

音楽が終了するタイミングにあわせ、心乃枝はくるりと一回転して将悟の腕に支えられた。まるで羽ばたく鳥のように、片腕を大きく広げる。

その瞬間、周囲から拍手が巻き起こった。

「あ、ありがとうございますっ」

心乃枝はヘコヘコとギャラリーに向かっておじぎした。

ギャラリーの中から、パチパチパチと、拍手をしながら近づいてくる足音があった。

歩いてきたのは、黒いドレスを着た、生徒会副会長の国立凜香《くにたちりんか》だ。

「さすがですね、帝野《みかどの》センパイ。噂《うわさ》はかねがね聞いております。――どうでしょうか？　わたしのお相手をしてはいただけませんか？　帝野グループの文化レベルをこの目で確認したいんですの」

将悟はチラッと心乃枝の顔をうかがう。心乃枝はニッコリ笑顔を返した。

「せっかくのダンスパーティーなんですから、いろんな人と踊ったほうが楽しいですよ」

「そうだね。――じゃあ、お言葉に甘えようかな」

将悟は凜香の前に立ち、うやうやしくおじぎした。

「国立さん。こちらこそ、よろしくお願いするね。ダンスの経験はどう？」

将悟は念のために聞いた。初心者ならば彼がしっかりリードして、気分よく踊れるようにしてあげなければならない。

しかし凛香《りんか》は、不敵に「フッ――」と余裕の笑みを見せた。

「センパイ。こう見えてもわたし、社交ダンスはなかなかの腕前ですの。センパイこそ、わたしを上手《じょうず》にリードできるかしら？」

ずいぶん挑戦的な口調だ。

「キミのようなきれいな子をリードできなかったら、俺《おれ》、一生後悔するかも」

将悟《しょうご》もほほ笑みを返し、凛香の手を取った。

スピーカーから次の曲が流れ出す。優雅なワルツと違い、軽快なリズムを刻んでいる。

「タンゴか。ワルツよりも難度は高いけど……行けそうかい？」

「センパイこそ、足をからませて転ばないでくださいな」

将悟は最初のステップを踏み出した。そしてリズミカルに踏む四拍子のステップ。続いて大きく回りこみ。初心者なら、たちまち足をもつれさせそうな複雑な動きだ。

しかし、凛香はタッタッと軽快に足を踏みならし、こともなげについてきた。

「なかなかやるじゃないか。国立《くにたち》さん、けっこう上級者だな」

「あら、この程度のダンスが上級者向けだと？」

次の瞬間、タンゴの曲調が変わり、いっそう陽気でリズミカルになる。

凛香は見下すような目で、将悟の手を取ったまま、軽やかに跳ねるステップを繰り出した。体を大きく伸ばしたかと思うと縮め、一回転、二回転。

「は、速い……！　なんて動きしてるんだ……」

まるでコマドリのような凜香のステップに、将悟は足をあわせるのが精一杯《せいいっぱい》だった。しかも、将悟が足をもつれさせないギリギリの場所に、凜香は足を運んでいる。

——これじゃ、まるっきり俺がリードされてるじゃないか。

挑発するような凜香のダンスに、将悟の心がふつふつと闘志を燃やした。

「さすがだな、国立さん。次はもっと派手になるぞ」

燃え上がるように、タンゴはますます激しい曲へと転調する。

将悟は凜香の周囲をまわるように足を運んだ。両手で彼女の手を巧みに持ち替えながら踊る将悟の姿は、まるで大海原でじゃれあうイルカのようで——

「……！　こ、これは……伝説のドルフィン・タンゴですの!?」

「そうさ。俺はドルフィン。キミは海の王女セイレーン。あんまり王女さまがやんちゃだと、海が荒れてしまうぞ」

ギャラリーの目には、将悟が激しく動いているにもかかわらず、その中央に立つ凜香のほうがより優雅に見える。イルカのジャンプが、王女を引き立てているのだ。

これこそまさしく、女性を引き立てるための理想的なリード……。

「くっ——」

凜香《りんか》は悔しげに歯ぎしりし、ダンスの流れを変えようと、将悟《しょうご》の反対側に足を踏み出す。

が、次の瞬間、無理なステップを踏もうとした凜香の両足がもつれてしまった。

「っ!!」

凜香の細い体がぐらつき、次の瞬間、彼女はバランスを失った。

握っていた両手が離れ、投げ出されて横に大きく弧を描き、背中から倒れかかる。

「く、国立《くにたち》さんっ!」

凜香の倒れる先には、ジュースのグラスがいくつも乗った丸テーブルがあった。

――このままじゃ、国立さんが激突する!

将悟はとっさに手を伸ばし、凜香の脇《わき》に滑りこませた。

そのまま半回転して、一気にすくい上げる。両手で脇腹を支え、勢いのまま、凜香を宙高く抱え上げた。

その瞬間、タンゴは最後のリズムを響かせながら終了して――

ホールに静けさが戻り、続いて、割れんばかりの拍手と歓声が巻き起こった。

とっさの行動が、アクロバティックなダンスに見えたようだ。誰《だれ》もが、感嘆の目で将悟と凜香を見ていた。心乃枝《このえ》もすっかり二人のダンスに魅了された顔で拍手していた。

「せ、センパイ……」

凜香は抱き抱えられたまま将悟を見つめ、真《ま》っ赤《か》な顔になる。

「は……はは……、い、いいダンス……だったね」

凜香の危機に冷や汗をかきながら、将悟は安堵《あんど》の笑みを浮かべた。

「でも国立さんと踊れて、すごくよかったよ。こんなにダンスで燃えたの、初めてだ」

「センパイこそ……。今度また、お手あわせ願いたいですわ」

将悟は、心地よさそうな笑顔の凜香をゆっくりと下ろした。

そのとき、背後からバタバタと駆け寄る足音が響き……

「きゃあ！　将悟くんカッコイイ～！　愛菜《まな》も抱っこして～っ!!」

走ってきた生徒会長が、将悟の背中に勢いよく抱きついた。

「うわっ！」

将悟は前のめりに倒れ――

顔面からまっすぐ、凜香の胸の谷間にダイブした。

薄手のドレスを挟んで、ふにゃっと柔らかい感触に包まれて……。

「ひっ！」

全身を硬直させた凜香が、両手をワナワナと震わせる。

「みかど……の……センパイッッッ!!」

思いっきり凜香に突き飛ばされ、将悟の体がふらついた。

「まま、待って、い、今のは事故……」

「問答無用……ですわっ!!」

ガゴッ!!

将悟《しょうご》のあごに、生徒会副会長のおみ足から炸裂《さくれつ》する、強烈な飛び膝蹴《ひざげ》りが直撃した。

§

「国立《くにたち》さん、いくらなんでも、十回も顔を踏まなくてもいいじゃないか……」

外に出ると、夜空の月が学園の建物を青白く照らしていた。

特別記念館の中から、ほんのりとパーティーの音楽が響いている。

将悟は凜香《りんか》に蹴られて踏まれ、腫《は》れた顔を冷やすため、夜風に当たっていた。

心乃枝《このえ》はというと、不慣れな新一年生たちに頼まれ、社交ダンスの基本を手ほどきしはじめていた。後輩から「先生」なんて呼ばれて、照れくさそうに困っていた。

「——ま、これはこれで楽しいけどな」

こんなふうに女の子と交流できる機会なんて、なかなかあるもんじゃない。

「誘ってくれた心乃枝に礼を言わなきゃな。主催の天導《てんどう》会長と国立さんにも」

そんなことを考えながら、将悟は記念館の外周に沿って散歩がてら歩き出した。

建物の脇《わき》の芝生《しばふ》を歩いていたときだ。

並木の陰で、白いドレスを着て、ぽつんと一人でたたずんでいる少女がいた。

「雅《みやび》……!?」

思わず叫ぶと、雅はギクッとした顔で振り向いた。

「えっ……将悟……？」

そのままサッときびすを返し、逃げ出そうとする。

「ま、待ってくれ！」

将悟は駆け出し、彼女の前に回りこんだ。

大きな木の根もとで雅は立ち止まり、将悟をにらんだ。

「どうしたんだ？　こんなところで一人で。会場にもいなかったみたいだけど……」

「将悟こそどうしたのよ。まだパーティー続いてるんでしょ？　はは～ん、ダンスでいやらしい顔して、ぶたれたんだ」

ニヤニヤと見つめてきた。――が、その表情がどこか寂しそうだ。

「お、俺《おれ》のことはいいじゃないか。雅はパーティーに参加しないのか？」

「参加なんかしないわよ。あんなお遊び興味ないわ」

「だってドレス着てるのに……」

胸元は大きく開いて、細い布地の端を首の後ろで結んでいる。肩と背中は丸出しだ。お淑《しと》やかかつ色気のある、大人びたドレス。

しかしどうにも……ちんちくりんな印象だった。まだ子供っぽさの残る雅《みやび》には、不釣りあいなデザインかもしれない。一生懸命背伸びして、大人の服を着た子供みたいだ。

「いいでしょ、別に！　友だちが無理矢理貸してくれたから、しかたなく着てるだけよ」

「せっかく来たんだからさ、パーティーに行こうぜ。俺《おれ》と踊ろうよ」

「なんでよ。将悟《しょうご》となんか踊りたくないわよ」

「じゃあ他《ほか》の誰《だれ》かと踊るといい。雅なら、希望者たくさんいそうだぞ」

「将悟は、あたしが他の男と踊っても平気なんだ。へー、そうなんだ」

「俺と一緒でいいのかイヤなのか、どっちなんだよ……」

「だから、パーティーなんか出たくないんだってば！」

ドレスまで着てるのは、パーティーに参加するためじゃないのか？

それは間違いないはずだ。でも雅は、なんらかの理由で心を閉ざしている。

「俺は、雅とダンスしてみたいな」

「え……。あ、あたしと踊ったって、全然楽しくないよ」

「そんなことないと思うけどな。――お願いしても、ダメかな？」

「だ、ダメだよ……。決まってるでしょ」

「何も、ダメなことなんかないって」

「ダメったらダメなの！　あたし、ダンスなんて踊れないんだからっ!!」

顔を真《ま》っ赤《か》にして叫んだ。

雅がパーティーに参加したくない理由って……単に、ダンスが苦手だから？

「考えすぎだと思うぜ。生徒会長の天導《てんどう》さんなんて、完全に自己流のダンスでノリノリだしな。食事だけでも参加するかいあるって」

「でも……やっぱり、イヤ。あたしのダンスなんか見たら、みんな笑っちゃう」

「──そうだ。じゃあ雅。ここで踊らないか？」

「ここで？」

「ほら、建物の中から音楽が聞こえてるし、お月さまのスポットライトも照らしてる」

将悟は、淑女に仕える紳士のように、片膝《かたひざ》を立ててうやうやしく雅の手を取った。

「マドモワゼル、どうかこの俺に、夢見るようなひとときを与えてください」

「もう……バカ……。それじゃ一曲だけ、つきあってあげるわよ……」

雅は将悟の手を握り返し、彼の前に歩み寄る。

そっと雅の背中に手をまわすと、手が彼女の素肌に触れた。

「ひゃっ、や、やらしい手で触んないで！」

「わ、悪い。──って、やらしくないぞっ」

「今度ヘンな触りかたしたら、コロすから。──ちゃんとリードしてよ」

建物の中から新しい曲の音色が響いてきた。ゆるやかに流れるワルツの調べ。

「曲調にあわせてステップを踏むんだ。行くぞ」

将悟《しょうご》に寄りそうように、雅《みやび》は足を動かす。つないだ手と、背中にまわした将悟の腕が巧みに雅をリードし、彼女の体を適切な位置に導いた。

やがて雅は要領をのみこめてきたのか、将悟の導き無しでも曲にあわせたステップを踏めるようになった。

「そう、その調子。――いい感じだ」

「と、当然よ、このくらい」

さらに調子づいた雅は、大きく左右に、くるくるまわるように、華麗なステップを踏みはじめた。

月光の中、木陰で踊る雅の姿は、ダンスの形式に捕らわれない自由奔放さで、おませなピクシーのようだった。そよ風に吹かれ、はらりはらりと舞い落ちる木の葉は、お供の精霊だ。

曲が終わったとき、雅は将悟の右手をしっかりと握ったまま、両腕を広げていた。サナギの皮を脱ぎ捨て、生まれ変わった蝶《ちょう》のように美しく。

雅は上気した顔で目をうるませながら、大きく息を吐く。

それからハッと気づくと、ペシッと振り払うように握った手を離した。

「い、いつまで手を握ってんのよっ！　――し、将悟にしては、まぁまぁのリードだったじゃない。そこそこ踊りやすかったわ」

「まぁまぁって。マドモワゼルはお目が高いなぁ。ほら、髪に落ち葉ついてるぞ」

雅の後ろ髪にくっついた葉っぱを取ってやろうと、将悟は手を伸ばした。

「もうっ。触んないでってばっ」

雅は将悟の手を振り払おうとして——首の後ろにあるドレスの結び目に、彼女の指先が引っかかった。ダンスの激しい動きでゆるんでいたらしい。結び目は溶けるようにほどけ、ドレスの上半身がペロンとめくれ落ち、ブラジャーをつけてない胸が……

「いやあああああああぁぁっ!!」

「み、雅っ!?」

次の瞬間、雅は正面から将悟の体に抱きついていた。

ドレスの上半身がはだけ落ちて——白い背中が月光に照らされている。

「ひ………」

雅は真っ赤《まっか》な顔で涙目になって、唇を震わせる。

彼女の裸の胸が、タキシード越しに将悟の胸に当たっていた。

「だ、大丈夫か、雅」

「——見た？　将悟、あたしの胸、見た!?」

「み、見てないよ。すぐ抱きつかれたから……。とにかく、このままじゃドレス直せないから、いったん離れないと……」

「イヤ。離れない」

「は、離れないって、なんでだよ」

「ここで離れたら、将悟《しょうご》に、胸、見えちゃうでしょ」

「見えないって。目閉じてるからさ」

「信じらんない。薄目開けてる」

「それなら上も向くよ」

「ウソ。絶対見る」

「神に誓って見ない」

「神に誓うほど見たくないんだ」

「なんて答えりゃいいんだよ!?」

将悟は、雅《みやび》に剥《む》き出《だ》しの胸を押しつけられたまま、どうすることもできない。

タキシードを通じて、女の子の胸の柔らかさが伝わってくるようで……

――でも雅って、胸ほとんど平らなような……

「将悟、あたしの胸がちっちゃいとか考えてないでしょうね」

「かか、考えてないよっ」

二人とも身動きが取れず、沈黙だけが流れる。

「……将悟はさ、あたしの胸……見たい……?」

「はいっ!?」

「だから、あたしの胸、見たいかって聞いてんの」

「……もし見たいって言ったら、見せてくれるのかよ」

「見せるわけないでしょ、このバカ、ヘンタイ、チカン、スケベ、エロオヤジ。死ね」

「殺すなら聞かないでくれ……」

しかし将悟《しょうご》も年ごろの男だ。静かな月夜とはうらはらに、将悟の頭の中では理性の天使と欲望の悪魔が、いつ終わるとも知れないハルマゲドンを繰り広げていた。

——うぅ……くそ……このまま、雅《みやび》を抱きしめたいじゃないか……。胸を見るっていうか、触りたいじゃねーか……。で、でもそんなこと、しちゃいけない……。

そんな将悟に、神の福音がおとずれた。月が流れる雲に隠れ月光がさえぎられ、周囲が暗くなったのだ。

「雅! 今ならほとんど見えないから、早く!」

将悟がまっすぐ上を向いて目を閉じると、雅はようやく彼の体から離れた。

将悟の耳に、ドレスを直す衣擦《きぬず》れの音がかすかに聞こえる。

「どう? もう着直せたかな?」

「うん。大丈夫。こっち見ていいよ」

目を開けると、再び月光があたりを照らしていた。雅は元どおりにドレスを着ている。

「よかった。一時はどうなるかって思ったよ」

「――ふんっ」

雅は、また不機嫌そうな顔に戻っていた。

「将悟さーん」

心乃枝《このえ》の声に振り返ると、彼女が小走りに駆けて来た。

「将悟さん、こんなところにいたんですか？　探しましたよ。――あら、神凪《かんなぎ》さんも？」

「悪い。休憩に外へ出たら、雅と会っちゃってさ。そろそろパーティーに戻るよ」

「そうだったんですか。では、神凪さんも一緒に行きませんか？」

心乃枝は誘うが、雅は不機嫌な顔のままそっぽを向いた。

「あたし、行かない」

「雅ってば。せっかくなんだから、行こうぜ」

「ドレスがあわなくて踊りづらいの。これじゃ参加したってつまんないから、帰る」

言って、雅はほんのり赤い顔で、スタスタと歩いていってしまった。

「神凪さん、気を悪くしたのかしら……」

「いや……たぶん、ほんとにドレスのサイズがあわなかったんじゃないかな」

雅が、参加しない理由をドレスのせいにするのは……あまり不機嫌じゃない証拠かもしれない。機嫌悪ければ、そんな説明すらせず「バカ！」って叫んで去りそうだし。

それから将悟《しょうご》と心乃枝《このえ》は会場に戻った。

将悟は何人もの女の子たちに請われ、いろんな人とダンスを踊った。

そして最後に、心乃枝ともう一度二人でダンスをし、その夜のパーティーは無事に幕を引いたのである。

§

自室に戻って一風呂《ひとふろ》浴び、将悟はパーティーでの汗を洗い流した。

「ふぅ～。社交ダンスって、けっこう運動になるんだよな」

さっぱりした体で、ベッドの上に寝転がる。

ハプニングもあったけど、楽しいパーティーだった。

いつもより、ひときわきれいだった心乃枝。

生意気そうだけど芯《しん》のしっかりしてる、副会長の凜香《りんか》。

変わり者だけど明るくて楽しげな、生徒会長の愛菜《まな》。

そして……相変わらず気分屋でヒネクレ者だけど、どこか憎めない雅《みやび》。

この中に、俺《おれ》と一生を共にする女の子がいるのかな……。

「結婚ってことは、一つ屋根の下で暮らすんだよな。寝るときも一緒のベッドで……」

将悟は、ベッドの隣に寝ている心乃枝の姿を想像してみた。

『将悟さん……わたし、慣れてないから、優しくリードしてくださいね……』

いっ、いやいや、結婚ったっていきなりベッドの上って！

「結婚ってのは、生活を共にすることだから、例えばお風呂なんかも……」

次に将悟は、一緒に風呂に入ってる雅の姿を想像した。

『イヤ。あたしお風呂から出ない。出たら、将悟に胸、見られちゃう……』

いやいやいやいや。結婚ったって、風呂まで一緒とは限らないだろ！

そうじゃなくて、結婚ってのは、家族みんなで幸せな家庭を築いてだな……。

『将悟さん。子供は、男の子一人に女の子一人はほしいです。がんばりましょうね』

『将悟の子供？　男の子一人と女の子一人でじゅうぶん。ちゃちゃっと作っちゃうわよ』

何度打ち消しても、女の子たちとの甘い新婚生活が思い浮かんでしまう。

トゥルルルル……。

突然の携帯電話の着信音で、将悟はハッと現実に引き戻された。

「なんだ⁉　──って電話かよ。もう十一時じゃないか」

ぶつくさ文句を言いながらベッドから立ち上がり、携帯電話を手に取った。

液晶に目を落とし──緊張が走る。

表示されている文字は『非通知着信』。

思わず、机に置いてあるおもちゃの人形を見た。

将悟《しょうご》の誕生日に、ケーキとともに送られてきた、改造戦士グランベリオンの人形……。

「もしもし――」

『お兄さま。――将悟お兄さま』

機械的な音声が聞こえる。顔も名前もわからない『妹』の声。

「やっぱりお前か……。元気か？」

『うふふ。今日のダンスパーティー、とっても楽しかったです』

「お前も参加してたんだ。だったら一緒に踊ってみたかったな」

『あら、わたくしはお兄さまのすぐそばにおりましたよ。お兄さまのダンス、実に美しくて、感動してしまいました』

「そばにいた、だって？」

『そのとおりです。お兄さまは、わたくしが誰《だれ》か気づいてないんですね』

ちょっと意地悪そうな声で『妹』が笑う。

――こいつ、わざと正体を隠して楽しんでないか？

将悟はパーティーで交流した女の子を次々に思い返してみた。しかし……

「初対面の子とも少しは話したけど、お前みたいな口調の子はいなかったけど……」

敬語口調は心乃枝《このえ》や凜香《りんか》に似ている気もするし、人を食った話し方は、雅《みやび》を思わせる。

イマイチつかみどころのない感じは、どことなく愛菜《まな》を連想させる。

……しかし『妹』の声は、総合的には誰の印象とも重ならない。

そもそも『妹』の口調自体、どこか人間味に欠ける印象だった。

「もしかして、その話し方、演技してる？」

『バレてしまいましたね。今のわたくしは、本来の自分のしゃべり方ではないのです』

妙にバカていねいなしゃべり方。違和感があったが、やはり演技なのか。

声も機械的に加工されていて、誰の声だか判別がつかない。ボイスチェンジャーを使っているのだろうが、恐ろしく高性能な機械のようだ。

「どうして声やしゃべり方を変えてまで、正体を隠そうとするんだよ？　血のつながった兄妹なんだしさ、フランクに行こうぜ。……それとも、名乗れない事情があるとか？」

『わたくしには、目的があります。それを果たすまで、名乗ることはできません』

「目的……？　そうか、願掛けってやつだな！　クラスに好きな男がいて、告白するまで俺《おれ》に名乗り出ないって決めてる、とかさ」

『好きな人、ですか……』

「まかせな。それなら兄として、陰からお前の恋を応援するぜ。俺たち家族じゃないか」

『ふふ、お兄さまは優しいのですね。――わかりました。わたくしの目的をお伝えします。わたくしの目的は……』

一度言葉を切って、『妹』は言った。

『お兄さまと結婚することです』

沈黙が流れた。

一瞬、『妹』の言葉がわからなかった。

「俺《おれ》が……誰《だれ》かと結婚するのを待ってるってこと……か?」

『そんなことさせません。わたくしが、お兄さまと、結婚するのです』

「……あ、そうか。結婚ごっこか。ほら、小さな女の子がよく言う『お父さんと結婚するんだ!』ってやつだろ。お前も夢見る年ごろだろうしな」

『そのような、おままごとではありません。わたくしは本気です。現実にお兄さまと式をあげて、正式な夫婦になって、生涯、一緒に暮らすのです』

「待て待て待て、なんで夫婦なんだよ!? 普通に兄妹として暮らせるだろ」

『一緒にお風呂《ふろ》に入ったり、同じベッドで眠ったり。きゃっ』

「俺と同じ妄想するとは、さすがは血のつながった妹……って、そうじゃなくて。なんだ結婚って。俺たち兄妹なんだろ?」

『もちろん、そうですよ。血のつながった兄妹です』

「兄妹で結婚なんかできるわけないだろ! そんなの、認められないことなんだぞ」

『承知しています。――ですから、わたくしは正体を隠す必要があるのです』

「どういうことだ？」

『わたくしが妹であることは、誰も、お兄さますら知らない秘密です。このままお兄さまの恋人になって、結婚すれば、わたくしたちをじゃまするものは何もありません。誰にも兄妹であることを知られず、二人の幸せな家庭を築けるのです』

正体を隠して……誰にも知られないまま結婚する？

妹と……血のつながった妹と、この俺が……？

将悟《しょうご》は『妹』の言葉に、得体のしれない気迫を感じた。鬼気迫るものがあった。単に冗談を言って遊んでるようには思えなかった。

――こいつ、本気で俺と結婚する気なのか……？

「な、なぁ、いいか？　落ちついて考えろ。そんなことして、なんの意味がある？　結婚なんて、兄妹でするもんじゃない。愛しあう男女でするものだ」

『わたくしはお兄さまを愛しております。お兄さまはわたくしを、愛していませんか？』

「そりゃ……家族は愛してるさ」

『だったら、愛しあう男女ではないですか』

「家族として愛してるんだ！　妹を、結婚相手としてなんか愛せないに決まってる！」

『お兄さまは、思い違いをなさっています』

「思い違い？」

『妹を結婚相手として愛せない……。それは、相手を妹と知っているゆえの感情です』

「何が言いたいんだよ」

『つまり、わたくしが妹だと気づかず出会えれば、お兄さまはわたくしを恋人として、結婚相手の女性として愛することができるんです。妹である、このわたくしを』

「そ、そんなことないぞ。血のつながった妹なんて、一目で本能的に気づくはずだ」

『でもお兄さま、パーティーで近くにいたのに、わたくしに気づけませんでしたよ？』

将悟《しょうご》は慄然《りつぜん》とした。

間違いなく『妹』は……正体を隠して将悟に近づき、結婚するつもりなのだ！

「や、やめてくれ。俺《おれ》は、血のつながった妹と結婚するつもりなんかない。そんなこと、できるわけがない……」

『心配なさらないで。——お兄さまは必ず、わたくしのことを好きになりますから』

電話は切れた。

将悟は全身にじっとり冷や汗をかいたまま、呆然《ぼうぜん》と部屋の中に立ちつくしていた。

§

ぽちゃん、と髪から滴が垂れ落ちる。寮の風呂場《ふろば》に湯気が立ちこめていた。

顔の半分まで浴槽のお湯につかって、雅《みやび》はブクブクと泡を吐いた。

いつもは左右に結ってる髪も、下げるとそこそこ長い。

「もっと、伸ばそうかなぁ……。長い髪と短い髪、どっちがいいんだろう……。やっぱり、鶴眞《つるま》さんみたいに長い髪が……」

心乃枝《このえ》の名前を出して、雅はぶんぶんと顔を横に振った。

「鶴眞さん、あんなに将悟とベタベタして……。まさか将悟に気があるわけ⁉」

一人、風呂場で叫び、雅はバシャッと拳《こぶし》で水面を叩《たた》く。

「でも鶴眞さん、美人でスタイルよくて、しかも優等生だし。モテて当然だよね……」

浴槽から上がってシャワーの前に立ち、大きな鏡に全身を映した。

じっと、自分の胸を見つめて、大きくため息をついた。

「なんであたし、こんなに胸ないんだろ……」

小学生のころから全然成長しない胸。色気もへったくれもありゃしない。

今夜二人だけでダンスした、うっとりするような時間を思い返す。

ドレスの胸元がはだけるハプニングもあったけど……

「べ、別に将悟に見られたって……。ていうか、見せちゃえばよかったかな……」

雅は人差し指の先で、つんつんと自分の胸をつついた。

「男って、やっぱり大きいほうが好きなのかな……」

両手で薄い乳房を抱え、寄せたり上げたり引っぱったりしてみる。

「こうすれば大きく見えるかも……ううん、もっとこう寄せて……」

ちょっとでも胸が大きく見える位置を探して手を動かした。

「こ、これなら、谷間ができるかも……でもやっぱり上げたほうが……こ、こうして……んっ……だ、ダメだよ……ダメ、将悟《しょうご》……そんなにしちゃ……！」

いつの間にか手のひらで胸を覆っていた雅《みやび》は、ハッと気づいて顔を真っ赤《まか》にした。

「はぅ……。何やってんだろ、あたし……」

涙目でしょぼんとうなだれて、タオルにせっけんの泡をつける。

やけっぱちに体中をこすった。

「でも将悟、もしかしたら、ちっちゃい胸のほうが好きかもしれない！　だって将悟、今日抱きついたとき、あたしの胸見たいって思ってた。触りたいって思ってた。隠そうったって、あたしにはわかるんだから！」

もう一度、泡のついた手で自分の胸を触ってみる。

すべすべした感触に背中がゾクリとした。胸の上で動かすたび、ゾクッゾクッとする。

「あっ、しょ、将悟っ、そんなとこ……っ」

ハッと気づいて、耳まで真っ赤になった。

「あたしは、わざとちっちゃい胸でいるんだからねっ！　将悟のために！」

最初会ったときは、どんな顔していいかわからなかった。面と向かって話すことも、目をあわせることすらできなかった。

でも……今夜のダンスが、雅の心を決意させた。

「絶対、鶴眞《つるま》さんに負けない……。だって将悟はあたしの……」

シャワーから勢いよく流れ出るお湯で、体中の泡を洗い落とす。

頭を洗おうと、シャワーの栓のそばにあるシャンプーに手を伸ばした。

シャンプーの容器は、少し変わった形をしていた。カニみたいな姿をした怪人の、おもちゃの容器。古い子供用シャンプーの容器を詰めかえ、大切に使っているのだ。

その怪人がなんていう名前なのか、雅は知らない。

知ってるのは、怪人が登場したらしい、昔のテレビ番組のタイトルくらいだ。

おそらく、今も覚えてる人は少ないだろう。

改造戦士・グ・ラ・ン・ベ・リ・オ・ン・と・い・う・そ・の・名・前・を……。

3章　妹は誰《だれ》だ!?

将悟《しょうご》の腹違いの妹。

顔も名前もわからない、血のつながった妹。

しかも彼女は、将悟のすぐそばにいる。

正体を隠して彼と恋人になり——結婚するために。

——そんなこと、許されるはずがない！

『妹』の結婚宣言の翌朝、将悟は学校に欠席届を出して、午後には実家のある町まで戻っていた。市役所に行き、父の戸籍を確認してみることにしたのだ。

戸籍とは、各家庭の家族構成を記録した、国の公的なデータである。戸籍謄本とは、それを写した書類だ。

以前、将悟はテレビドラマでこんな場面を見たことがあった。

ひょんなことから自分の戸籍謄本を見た主人公は、自分の下に知らない名前が書かれているのを発見する。それで初めて、生き別れの兄弟の存在を知るというストーリーだ。

――だから俺《おれ》も戸籍を調べれば、『妹』の名前が書かれてるんじゃないか。

「って、思ったんだけどなぁ……」

市役所を出て、戸籍謄本の紙を眺めながら、将悟はポリポリと頭をかいた。

戸籍謄本自体は、窓口で請求手続きをして数百円はらえば、すぐ手に入った。

「全然おかしなところ、ないよなぁ。全部俺の知ってることばかりだ」

家族構成は両親と将悟の三人家族。

両親はお互いに初婚で、離婚歴もない。連れ子のような兄弟は存在しないのだ。

父に、将悟のほかに子供がいるなど、一行も書かれていない。

「ま、そんな簡単にわかると思わなかったけどさ……」

簡単に調べられる戸籍で妹の存在がバレるなら、とっくの昔に暴露されていただろう。

将悟は拍子抜けした気持ちで、駅に向かって帰り道を歩いた。

「…………!?」

突如、彼の背中に鋭い何かが突きつけられた。――刃物？

「動いてはいけない。そのまま、静かに前へ歩いてくれ」

背後から冷徹な声が聞こえる。若い声のように思えた。

――こいつ、只者《ただもの》じゃない。

「……誰だ？」

「話がしたい。人のいないところだ。――あのビルの横から路地裏に入れる」

将悟《しょうご》は抵抗せず、路地裏に向かって歩いた。

雑居ビルに挟まれた、人が一人しか通れないような狭い道に入る。表通りの雑踏もほとんど聞こえてこない。

「驚かせてすまない。ここなら誰《だれ》にも聞かれず話せるだろう。こっちを向いてくれたまえ」

ようやく、将悟の背中に突きつけたものが引かれる。

少し安堵《あんど》しながら、将悟は振り返った。

奇妙な人物がいた。全身をすっぽり覆うような黒装束。頭には黒い頭巾《ずきん》を被《かぶ》っている。顔の半分ほどを覆う大きなサングラスをかけ、素顔はよくわからない。だが見えている口元は、薄い唇の少年を思わせる。

――忍者。そんな言葉が頭に浮かんだ。

左手には、まさに忍者のクナイを思わせる小刀が握られていた。水をすくうような流れる手つきで、音も立てず、腰の鞘《さや》に小刀を納めた。

「俺《おれ》になんの用だ。悪いけど、俺がケガをすると心配する人がたくさんいるんだ」

「承知している。おとなしくしてくれれば、危害は加えない」

「いいか？　言葉を信用させるには、まず態度からだ。刃物を突きつけては、信頼なんか得られないぞ」

「帝野《みかどの》グループ次期社長の言葉、心にとどめておくことにしよう。――帝野グループの一員としてね」

「お前、帝野グループの人間なのか!?」

――グループ内でも一部の人間しか知らない、俺の跡継ぎのことを知っている!?

「ボクは将悟くんの敵じゃない。だが立場上、名前を明かすわけにはいかない。ボクのことはミスターXと呼んでくれ」

「ミスターXって、またベタな……。なんで名前も明かせないんだ?」

「ボクは帝野グループの特務機関、帝野清流会に属している。帝野グループの内外で起こるトラブルを秘密裏に解決する、特殊部隊だ」

「清流会?　……聞いたことないな」

「会の存在を知るのは、グループ内でもごく一部の人間のみだ。キミが知らなくても無理はない。いくら次期社長候補とはいえ、今は単なる少年に過ぎないのだから」

「そりゃそうだけど……。その帝野清流会がどんな用なんだ?」

「単刀直入に聞こう。どのような目的で、父・帝野熊五郎《くまごろう》氏のことを調べている?」

「さっき戸籍謄本を取ったことか?　どうして知ってるんだ」

「突然、将悟くんが理由不明の欠席届を出して心配だと瀬利《せり》秘書から連絡を受けて、キミの行動を追跡していたのだ」

「瀬利《せり》さんがなんで学校のことを？」

「彼女は、将悟《しょうご》くんの母である鹿野子《かのこ》氏の命で、キミがうまく学園生活を送れているか、健康状態は良好かと、絶えず確認しているそうだ」

「瀬利さん、今も俺《おれ》の世話を焼いてくれてたのか。そういや小都里《ことり》先生の昔の後輩って言ってたし、先生に聞いたんだろうな。……っていうか母さんも心配性だなぁ」

「もう一度聞くが、なぜキミは学校を休んでまで、父のことを調べている？」

質問に答えたものか考えこんだ。このミスターX、本当に信用できるんだろうか？

「さっき、帝野《みかどの》グループのトラブルを解決するって言ったよな。具体的にどんなトラブルを解決するんだ？」

「そうだな。一例をあげるなら、帝野グループのキャンペーンガールをつとめる清純派の某アイドルだが、芸能週刊誌もつかみきれてない過去の秘密がある。彼女は数年前まで、地元ヤンキーの頭《ヘッド》として君臨し毎晩改造バイクで」

「いや、そういうことはいいってば。知らないほうが幸せそうだ」

「……ともかく、そのような秘密が暴露されるのを防ぐなど、我がグループに降りかかるトラブルを極秘のうちに解決するのが我々の任務だ。アイドルの件では、ヤンキー百人を相手に死闘を繰り広げたこともあった」

そういえば数ヶ月前、キャンペーンガールのアイドルに、不穏な噂《うわさ》があるという話を小耳に挟んだことがある。その後しばらくして、噂は不自然なほどきれいに消えたとも。

とりあえず、嘘《うそ》はついてなさそうだ。将悟はもう少し突っこんで聞いてみた。

「そこまで帝野グループに詳しいなら、父さんに隠し子がいるって噂、知ってるか？」

「むろん知っているさ。やっかいな噂……いや、事実だな」

ミスターXは驚いた様子もなく、落ち着き払って答えた。

「なんで、事実だってわかる？」

「昔、鹿野子氏が側近に話したことがある。熊五郎《くまごろう》氏は、別の女性との間に一人の女の子を設けていると。――だが、その事実は世間の好奇をあおるスキャンダルとなる。そう側近に注意されて以後、鹿野子氏は隠し子の噂を強く否定するようになった」

「それ、たしかなんだよな？」

「信じられないなら、キミの母に聞いてみればいい。不快な顔をされるだろうがね」

それは以前、母に妹の存在を聞いたとき、不機嫌に否定した言動と一致する。

もっと『妹』の情報を得られるかもしれない。将悟は勢いこんで聞いた。

「それで、その女の子ってのは、どこの誰《だれ》だか判明してるのか？」

「鹿野子氏はそのとき、こう続けたそうだ。『その子の顔も名前も知らないし、知りたくもありません！』とね。同様に熊五郎氏の愛人の名も知らないそうだ。彼女も行方はおろか、生死すら不明なのだ。――隠し子が誰か知ってる者がいるとすれば、おそらく、熊五郎氏と、隠し子の母と、隠し子自身だけだろう」

「そんな……。父さんはもう死んじまったぞ」

「彼は、この秘密を墓まで持っていくつもりだったのだろう。誰《だれ》にも若かりしころの過ちはあるものだ」

「何も、父さんを責めようってわけじゃない。きっと何か、事情があったんだろうさ。俺《おれ》は別に、隠し子を作ったからって、それだけで父さんを軽蔑《けいべつ》しない」

将悟《しょうご》はしばらく黙り、意を決してミスターXに向かって叫んだ。

「だけどな、そのどこの誰かわからない妹が――俺と結婚しようとしてるんだよ！」


将悟はミスターXに、現在の学園生活と『妹』からの電話について説明した。

「……というわけだ。『妹』は俺の恋人になって、結婚するつもりなんだ」

「なるほど……。それは少々、やっかいな事態だな。正体のわからない『妹』か」

ミスターXは腕を組み、難しそうに考えている。

「もちろん、我々も調査に協力しよう。帝野《みかどの》グループの未来に関わる問題だ。もしもキミが血のつながった妹と結婚してしまい、のちにその事実が世間に発覚したら――それは、グループを揺るがす一大スキャンダルになりかねない」

「スキャンダル以前に、そんなこと許されない！　俺だけじゃない、『妹』だって不幸になることなんだぞ！　早く誤った道から救わないと……」

「将悟くん。キミは『妹』として疑わしき、心当たりのある相手はいるのかい？」

「心当たり、か……」

「彼女はキミと結婚しようとしている。最近、突然仲よくなった女性などいないか？」

その質問に将悟は——ギクリとした。

突然仲よくなった女性……。イヤでも、二人の少女の顔が思い浮かぶ。

編入初日から、将悟に対して親しかったり、不可解な態度だった二人……。

まさか心乃枝《このえ》が、あるいは雅《みやび》が……『妹』……？

「でも俺、編入したばっかだぜ？　突然クラスメイトと仲よくなっても普通だろ」

「『妹』は、どこからキミを狙《ねら》っているか、わからないんだ。少しでも怪しい人物がいるなら、早急にDNA鑑定をしたほうがいい」

「DNA鑑定か……。血のつながった妹なら、鑑定すれば一発でわかるかも。けどそれって、簡単にできるのかな？　細胞取ったり、けっこう手間かかるって聞いたような」

「心配無用だ。唾液《だえき》さえ専用キットで採集できれば、あとは専門業者に依頼するだけだ」

「相手は俺の妹だってこと、隠してるんだぞ。鑑定なんて了解してくれるかなぁ」

「なるほど。鑑定のことは伏せて唾液収集を依頼したほうがいいかもしれないな」

「何も知らせず『つばをくれ』なんて頼んだら、ヘンタイ扱いされちまうってば」

するとミスターXは、チャッと小刀を取り出した。

「将悟《しょうご》くんに難しければ、ボクが力ずくで唾液《だえき》を」

「おいおい、力ずくって何する気だよ」

「ダラダラと犬のごとく唾液を垂れ流すようになる薬がある。それを注入すれば……」

「だーっ！　そ、そういうのはやめてくれってば！」

「心配無用、一週間もすれば効果は切れる。人体に影響は残さない」

「一週間も続くのかよ！　なおさらダメだってば！」

「……手っ取り早く、いい方法だと思うのだがな」

ミスターXは残念そうに小刀を鞘《さや》に収めた。

「だいたい、勝手に女の子のDNA鑑定なんかしたら、不信感を持たれるかもしれないじゃないか。誰《だれ》だって、勝手に遺伝子なんか見られたくないだろうし」

そんなことじゃ、愛し愛される女性となんか出会えるはずがない。

「それに外部の業者に依頼して、秘密が守られるか心配だよ」

「秘密とは？」

「俺《おれ》に異母兄妹がいるって世間に知られたら、騒ぎになりかねないだろ？　だから母さんすら、この話を否定してるんだ。瀬利《せり》さんも、単なる噂《うわさ》だなんて言ってたし」

「言われてみれば、社外に重大な秘密を持ち出すのは得策ではないな。鑑定したという事実がゴシップ週刊誌に知られただけでも、隠し子の噂を誇大して書かれかねない」

「となれば今は、DNA鑑定なんかするのは危険かもしれないぜ。ハッキリ誰が『妹』だ、って怪しい相手がいるわけでもないしさ」

そのまま、将悟もミスターXも黙りこんでしまった。

「くそ、けどいい案も浮かばないよなぁ……。どうすりゃいいんだ」

将悟はグシャグシャと髪をかきむしった。

苛立《いらだ》つ将悟の肩に、ミスターXが手を置く。

「とにかく今は、『妹』の出方を注意深く見守るしかないようだ」

「俺のまわりにそれらしい女の子がいないか、注意するくらいか」

二人は再び駅前の表通りに出た。

平日の午後。携帯電話を手にしたサラリーマンや、大学生のカップルが通りすぎる。

「安心したまえ。事態を把握した以上、これからはボクも将悟くんの周囲を警戒する」

「……頼りにしていいんだな？」

「もちろん。必ず、将悟くんを『妹』の魔手から守って見せよう！」

「魔手ってさ……。念のため言っとくけどな、俺は『妹』を憎んでるんじゃないぞ。恋人とか結婚とかじゃなく、まっとうな家族として愛しあいたいんだ」

「当然理解しているさ。それでは、グッドラック！」

ミスターXはグッと親指を突き立てた。

——グッドラックって……。そりゃ幸運になってくれればいいけどさ。

ミスターXは背を向け、人通りの中へまぎれる。黒装束姿のまま、サラリーマンやカップルの陰に隠れて見えなくなった。

「あいつ、大丈夫だよなぁ……？　頼りにして、いいんだよなぁ……？」

後ろ姿を見送りながら、将悟《しょうご》は微妙に不安な気持ちでつぶやいた。

§

翌日の朝、将悟は重い気分で家を出た。

将悟が住んでいるアパートは、学園から細い通り一つ隔てた、すぐ隣にある。校門からは離れた場所にあるため、登校時は広い学園敷地をぐるりと半周しなければならない。

今日も学校に行けば……校内のどこかから、『妹』が俺《おれ》を見てるんだ。

電話で『妹』は言っていた。

『お兄さまは必ず、わたくしのことを好きになりますから』

——もし、もしも俺の好きになった女の子が、血のつながった妹だったら……。

「将悟さーん！」

校門までやって来ると、遠くから呼びかける声があった。

ドキッとして立ち止まり、彼女を見返す。

「心乃枝《このえ》……」

登校する生徒たちの中で立ち止まり、鞄《かばん》を背負って大きく手を振っている。

タタタと駆け寄ってくると、心乃枝はいきなり両手で将悟の手を握った。

「昨日はどうしたんですか？　急に学校を休んで、心配しちゃいましたよ」

「心配かけてゴメン。ちょっと急用があって……」

将悟はあいまいに答えながら、彼女を見つめる。

まさか心乃枝は、『妹』なのか……？

「あの……？　将悟さん、どうしたんですか？　わたしの顔に、何かついてます？」

「な、なんでもないよ……」

「ヘンな将悟さん。もしかして昨日休んだの、体調崩したから……じゃないですか？」

「え、どうして？」

「だって、最近ぼんやりしてることが多かったですし……。そのうえ、ダンスパーティーでたくさん踊りましたし……。わたしでよければ、看病しますから」

「俺は元気だってば。さ、早く登校しようぜ」

笑顔でごまかしながら、歩き出そうとした。

「将悟《しょうご》ーっ！」

突然、雅《みやび》が叫びながら駆け寄って、彼の背にタックルする。

「昨日はなんで休んだのよ!? ひろい食いしてお腹でも壊した？」

「ひろわねーよ！ 雅、いきなり後ろからぶつかるな」

雅は「えへへー」と舌を出して笑いながら、甘えるように将悟の背中に抱きついた。

「な、なんだ……？ 雅、なんか雰囲気変わってないか？」

「んー？ そんなことな〜いよ」

パーティーの夜に二人で踊ったことで、親しみを感じてくれたのだろうか。

それとも――これは、雅が電話の『妹』で、俺《おれ》と結婚するために……

「もうっ、神凪《かんなぎ》さん！ 将悟さんが困ってるじゃないですか」

心乃枝《このえ》が叫んで、雅の腕を引き離そうとする。

「将悟さんは体調が悪いんです！ くっついたりしないでください！」

「何よー。先にベタベタ手を握ったの、鶴眞《つるま》さんじゃん。それで体調壊したんじゃないの？ ――大丈夫よ、将悟。あたしが悪い菌をはね飛ばすから」

「だっ、誰《だれ》が悪い菌《きん》ですかっ!?」

心乃枝が真《ま》っ赤な顔で雅につかみかかる。

「鶴眞さんのことなんて言ってないのにー。自覚あるのかなー？」

「ななな、な、なんですかっ！　神凪さんこそ……えっと……」

「あたしこそ、何よ。言ってみなさいよー」

心乃枝の目が雅の平らな胸に止まり、フッと笑みを浮かべた。

全能なる神が子羊を見下ろすような、哀れみと慈悲に満ちた目だ。

「──神凪さんと一緒だと、将悟さんまで栄養が足りなくなっちゃいそう」

「なっ⁉」

両腕で胸を隠し、雅の顔がボッと、恥ずかしさと怒りで真っ赤になった。

だが、雅はすぐに冷静さを取り戻して、心乃枝を見返す。

象をも倒すキングコブラのような、鋭い毒を含んだ目だ。

「鶴眞さん、知らないんだぁ」

「何が知らないんですか？　将悟さんのことなら、神凪さんよりも知ってますよ」

「ふーん。じゃ、将悟ってどんな女の子が好みのタイプか、言ってみなさいよ」

「え……。それは、優しくて奥ゆかしい女性が……」

「将悟はね、胸のちっちゃな女の子が大好きなんだ」

ズガーン！と雷に打たれたように、心乃枝はショックで手足をピクピク痙攣《けいれん》させた。

「そ……そんなはずありませんっ！　お、おっぱい小さな女の子が好きだなんて、将悟さんがそんな人のわけありませんっ」

「残念だけどさぁ、将悟《しょうご》……ロリコンなんだよね」

ズガガーン!!と雷撃に打ちのめされたように、心乃枝《このえ》はガックリと地に両手をついた。

「そんな……、将悟さんが……ろ、ロリコ……ン……？　小さなおっぱいが好き……？」

「そういうこと。おあいにくだったわね、鶴眞《つるま》さん。——(ふ、口から出任せ言っちゃったけど、鶴眞さん言い負かせたから結果オーライね)」

「神凪《かんなぎ》さん、何か言いました？」

「なっ、なんでもないわよっ。——さ、将悟。一緒に登校しよ……って、あれ？」

雅《みやび》がキョロキョロ見回すと……将悟はダッシュで逃げ出すように、校舎へと走っているところだった。


朝、教室の席で机に突《つ》っ伏《ぶ》して、将悟はげんなりしていた。

今も両隣に座る心乃枝と雅が、将悟の背中越しにバチバチと視線の火花を散らしている。

さすがにホームルーム前だから、静かにしているが……。

心乃枝も雅も、嫌いじゃない。二人とも、むしろこっちから仲よくなりたいくらい、かわいい女の子だ。

——でも、もしかしたら二人のどちらかが、結婚を迫ってくる『妹』かもしれないんだ……。だとしたら俺《おれ》は、どう接すればいいんだ？

「みんな、おはよー。寝てるやつはいねーかー？」

教室の扉が開き、小都里《ことり》先生が入ってきた。

と同時に、教室中がざわめく。ガタガタっと席を立って前方を見る生徒までいる。

彼らの視線は、小都里先生の隣に集中していた。

深流院《みりゅういん》学園の男子制服を着た少年が、教室中に向けてニコッとまぶしい笑顔を見せる。

細面で、眉《まゆ》や鼻筋のスッと通った顔立ち。長い髪を後ろで一つにまとめている。

「また編入生か。けどあの編入生、男だよな？」

「なんだか、女の子みたいにきれいな顔……」

「り、リアル男の娘《こ》、初めて見たぜ」

心乃枝と雅も今ばかりは将悟のことを忘れたように、呆然《ぼうぜん》と彼に注目している。

だが、もっとも驚いて彼を見つめていたのは……将悟だった。

脳裏に、昨日出会った黒装束姿の、サングラスをかけた人物が思い浮かぶ。

素顔は想像以上の美男子だが……細く、少し冷酷にも感じる唇は間違いない。

――ミスターX……。何しに来たんだ？

「ほらほら、静かにしろー。突然だがな、今日からこのクラスに、編入生が来ることになった。せんせーも今朝聞いたばかりで、驚いてるんだが……」

「本日より世話になる、水谷《みずたに》衣楠《いくす》だ。よろしく」

言いながら、編入生の少年は黒板に名前を書く。

偉ぶった口調だが、声は合唱団の少年のように美しい。そのギャップがハートを刺激したのか、クラス中の女の子が総立ちになって「きゃあ！」と黄色い声援を上げる。

──どうでもいいけどさ、もう少し、名前ヒネろうぜ。

一人、心の中で突っこむ将悟《しょうご》だった。

「よぉーし、みんな、仲よくするようにな。で、水谷《みずたに》の席は……廊下側の一番前に机を置くから、そこに座ってくれるか？」

しかしミスターX……いや、衣楠《いくす》は小都里《ことり》先生の言葉を無視して歩き出し、まっすぐ将悟のほうに向かってくる。

将悟の一つ前の男子生徒、大杉の隣で立ち止まり、腰を屈《かが》めてヒソヒソと話しかけた。

「大杉くん。あの廊下側の一番前の席だがね、廊下を歩く小都里先生の姿がバッチリ見えるんだ。さっき先生、転んでスカートがまくれてたよ」

──おい、聞こえてるぞ。

将悟はあきれながら、怪しげな密談をする衣楠の横顔を見つめる。

「はいっ！　小都里先生！」

突然、大杉が立ち上がって勢いよく手を挙げた。

「俺《おれ》、目が悪いんで前の席に行きたいです！　水谷くんと代わってもいいですか⁉」

「そりゃま二人がいいなら、せんせーはかまわないけど」

大杉は鞄《かばん》や教科書を抱えてさっそうと新天地へ走り出した。

開いた席に衣楠が座る。彼はちらりと真後ろの将悟を振り返り……

パチッとウインクした。

ゾクゾクッ！と、背筋に得体の知れない寒気が走る将悟だった。


一時限目の授業が終わるやいなや、将悟は衣楠の腕をつかんでダッと教室を走り出た。

そのまま一気に、人のいない屋上へ駆け上がる。屋上のフェンスの横まで走って、はぁは
ぁと息をつきながら、ようやく衣楠に向かいあった。

「どうしたんだい、将悟くん。そんなにボクと二人きりの時間を求めてるのかな？」

「気色悪い冗談はやめろって。——おいミスターX、学校に来るなんて聞いてないぞ」

「『衣楠』と呼んでくれたまえ。他人にコードネームを聞かれたらやっかいだ」

「わかったよ。で、なんで学校に来たんだ？」

「昨日約束したとおりじゃないか。キミを『妹』の魔手から守らねばならない」

「だけど、わざわざ編入してくるなんて……。第一、よく入れたな」

「清流会の力を甘く見てはいけない。学園理事の一人にちょいと頼めば簡単さ。正当な書
類手続きは経ているから心配無用だ。——それに学生としてキミのそばにいたほうが、何

かと調査しやすいだろう？」

「まぁ……言われてみればそうかもしれないな。一人で不安がるよりは心強いか」

とまどいながらも、将悟《しょうご》は一応納得した。

数少ない、『妹』の件を相談できる相手なのだ。ここは信頼すべきだろう。

「――で、衣楠《いくす》。これからどうする予定なんだ？」

「うむ。どのように『妹』からキミを守るか、一度将悟くんと話がしたい」

「そうだよな。まずは作戦会議をしよう。――いいか？　大切なのは『妹』に結婚を思いとどまらせ、正しい家族愛ってものを教えてやることだ」

将悟が衣楠のほうに顔を寄せ、ヒソヒソ声で会議を始めたとき――

「あっ、いたわよーっ」

突然、女の子の声が響いた。

将悟たちが振り返ると、十数人の女の子たちが、屋上棟の扉から出てきたところだ。衣楠を一目見ようと集まったらしい。

「こりゃ、会議どころじゃないな……。衣楠、放課後、俺《おれ》の家に集合しようぜ」

「了解した。放課後を楽しみにしているよ」

衣楠は将悟にパチッとウインクする。それから手を振りニコッと笑顔を浮かべながら、声援を送る女の子たちのほうに向かって歩いていった。

そうして放課後。将悟は衣楠と二人で、アパートの部屋の玄関までやって来た。

「ふぅ。今日もやっと帰れたぜ。……ところでさ」

将悟は、ぶんっと自分の左腕を振った。しっかりと衣楠が腕をからめている。

「なんで下校するのに、男どうしで腕組んで歩かなきゃなんねーんだ!?」

「おかげで、無事に二人きりで下校できたではないか」

たしかに下校時の教室で、将悟は心乃枝《このえ》や雅《みやび》から「一緒に帰ろ～」なんて誘われてたし、衣楠は衣楠で、早くもできたらしいファンクラブの女の子たちに囲まれていた。

そのとき、衣楠がサッと将悟と腕を組むと……一瞬にして、教室が静まり返ったのだ。

そのまま衣楠は将悟を連れて、何食わぬ顔で女の子たちをかきわけ、教室の外に出た。

将悟がちらりと背後を振り返ると、ドン引きしてる子、真っ赤《まっか》な顔で口をあんぐり開けてる子、目をウルウルさせながら、感動の面持ちで見つめている子……。

心乃枝も雅も唖然《あぜん》として、将悟を追いかけることすらできないようだった。

そして衣楠はとどめに一言、

『かわいい子猫ちゃんたち。大切な二人きりのラブタイムを過ごさせてくれたまえ』

と、将悟が心底げんなりする言葉を、彼女たちに言い残したのだった。

「こうでもしなければ、無事に教室を抜け出すことはできなかっただろう。素晴らしい作戦だとは思わないかね」

「うぅ……。素晴らしいかもしれないけど、何か大切なものを失ってる気がするぞ……」

ちょっと泣きたい気分になりながら、将悟《しょうご》は家の扉を開けた。

「──まぁ、とりあえず入ってくれよ。狭い部屋だけど」

将悟は衣楠《いくす》と一緒に自分の部屋に入った。

考えてみれば、この部屋に他人を入れるのは初めてだ。

──女の子と仲よくするのもいいけど、男との気兼ねない関係も悪くないよなぁ。

たしかに将悟の目的は、生涯の伴侶《はんりょ》となる女性と出会うことだ。だが、男と男の関係には、男女関係からは得がたいものがあるはずだ。

熱い価値観のぶつけあいとか、そこから生まれる友情とか。ときに戦う敵、ときに助ける仲間。お互い切磋琢磨《せっさたくま》するそんな絆《きずな》が、男どうしのつきあいから生まれるだろう。

「ところで将悟くん」

「どうした？　遠慮しないで、そこらへんに座ってくれ。仲間の家だと思って」

「うむ。だがその前に、浴室を借りてもいいかな？　シャワーだけでかまわない」

「風呂《ふろ》？　いいけど、まだ夕方になったばかりだぞ？」

「いつもより汗をかいてしまったようだ。この制服は通気性がイマイチだな」

将悟は、自分の腕をくんくんと嗅《か》いでみた。

「別に汗臭くないと思うけどな……」

「ボクたちは隠密行動を原則とする身なのだ。できるかぎり体臭をなくし、他人に気配を悟られないよう心がける必要がある」

「なんか大変なんだな。ま、シャワーくらい好きに使ってくれ。学校帰りに必要なら、毎日浴びに来たってかまわないぜ」

「かたじけない。──では、少々失礼するよ」

衣楠は浴室へ歩いた。脱衣所のカーテンを閉めるさい、振り返って将悟に念を押す。

「将悟くん。ボクがシャワーを浴びている間、絶対に中をのぞかないでくれ。いいね」

「の、のぞかねーってば。俺《おれ》、男だぞ？　そんなシュミないよ」

衣楠は真顔でうなずきながらカーテンを閉める。

やはり衣楠ほどの美少年となると、男相手でも警戒するんだろうか。

浴室からシャワーの水音が聞こえてくると、将悟は居間のベッドに腰を下ろした。

「お茶、いれたほうがいいのかな。けど、よそよそしいよなぁ。もっとざっくばらんに」

シャワーの音が止まり、そろそろ上がるかなと思ったとき、ハッと気づいた。

「いけね、バスタオル洗濯したままだ」

いくら衣楠でも、濡《ぬ》れたままでは風邪も引くだろう。将悟は急いで、庭に干してあったバスタオルを取りこみ、浴室に向かった。

——衣楠《いくす》はまだ、風呂の中かな。

将悟《しょうご》はカーテンに手をかけ、バッと勢いよく開いた。

「衣楠、バスタオルなかっただろ。ここに置いとく……ぞ……？」

カーテンを開けると、脱衣所に衣楠が立っていた。

次の瞬間、将悟と衣楠は、面と向かいあったまま、微動だにしなかった。

衣楠は上がったばかりなのか、服を着ていない。まだ全身濡《ぬ》れたままの裸だ。

結っていた髪を解いて、背中に大きく広がっている。日本人形を思わせるような、まっすぐな黒髪。肌は白く、絹のようにしなやかだ。

そのほっそりした体の胸が……わずかにぷっくり、ふくらんでいた。

「え……な……」

将悟はわけがわからないまま、視線をゆっくりと下に落とした。ちょこんと丸いヘソがあり、そのさらに下には……

男なら、当然あるべきものが、なかった。

「……おん……な……？」

かろうじてつぶやきかけた瞬間、衣楠の体がサッと消えた。いや、消えたのではない。

直後、将悟は両手を後ろ手につかまれた格好で、身動きが取れなくなっていた。

両手首を握られたらしい。侵食するように、爪《つめ》がグイグイ食いこんでくる。背中に濡れた胸が押しつけられ、首もとには……そろえた右手の指先が向けられていた。

「動かないほうがいいよ、将悟くん。といっても、動けないだろうけどね。手刀だと思って甘く見ないほうがいい。キミの口を一生封じるくらいのことはできる」

拘束されたせいか、将悟は極度の緊張に包まれ、声もうまく出ない。

いっぽう衣楠は、彼……いや彼女は非常事態にもかかわらず、冷静沈着な声だ。

「本来ならボクの秘密を知った者には、暴露を試みれば舌が痺《しび》れる特殊な薬を注入するのだが……。将悟くん、キミは将来、帝野《みかどの》グループの社長となる人物だ。そんな手荒なことはしたくない」

「な……なんで……女だって……隠すんだ……？」

「帝野清流会は、本来、男しか入れない組織なのだ。だが現代の忍びを目指すボクは、性別を隠して組織に入った。——ここは一つ、誓ってくれないか？」

「ちか……う……？」

「そうだ。ボクの性別について、絶対に他言しないと」

「わ、わかった……。お、俺《おれ》は……お前の秘密をバラそうなんて……思わないよ……」

「——その言葉、信じよう」

ようやく手刀がのど元から離れ、両手首の拘束が解かれた。

力が抜けて、将悟はドサッと床に両手をつく。

衣楠《いくす》の体がいまだに信じられず振り返り……どう見ても少女である裸体が立っていた。

「うむ。今日も帝野《みかどの》グループの株価は順調に推移しているな。喜ばしいことだ」

衣楠は将悟《しょうご》のベッドに寝そべって、携帯用小型パソコンでネットを見ている。

いっぽうの将悟は、ベッドの前で膝《ひざ》を抱え、じっと床を見つめていた。

「おや、共明日《きょうあす》カンパニーは新機能搭載の携帯電話を発表、か。今後の動きを見守らなくては。将悟くんはどう思う？　次代社長の意見を拝聴したい」

「意見か？　俺《おれ》の意見はだな……」

将悟は拳《こぶし》をぷるぷる振るわせ、バッと立ち上がりながら振り返った。

「頼むからいいかげん服を着てくれっ!!」

ベッドに、全身の肌をさらしてあお向けに寝転がる少女がいた。首からかけたバスタオルで、なんとか胸は見えないものの……それ以外はいっさい、下着もつけてない。

あらわな姿を前にして、将悟はまたすぐ目をそらす。

「あと三十分は待ってくれないか？　こうして毎日一定時間、肌を外気にさらすことで、全身を大気と同化させ、気配を消すことを可能とするのだ」

「俺、男だぞ!?　男の前で裸でいて、平気なのか!?」

「どうせ秘密は知られたんだ。今さら隠してもしかたないだろう？」

衣楠《いくす》はめんどくさそうな目で将悟《しょうご》を見つつ、立ち上がった。

——こいつ、恥じらいってもんがないのかよ。

「そんなことより、今後の作戦について検討しなければいけない。将悟くんが『妹』と結婚せずに済む方法だが……」

衣楠は素っ裸のまま部屋を行ったり来たりしながら、額に手を当てて考えはじめた。

将悟はうつむいて、なんとか目をそらし続けようとする。だがチラチラと、視界の端に彼女の太ももやおしりが見えてしょうがない。とても作戦を考えるどころじゃなかった。

「ちょっと、気分を落ちつけてくる……」

将悟は逃げるように隣のキッチンに行き、コップに水をついで飲んだ。

コクコクコク……と静かに水を流しこみ、ドキドキしてる鼓動を静める。

「そうだ！　素晴らしい名案を思いついたぞ！　絶対に『妹』と結婚しない方法だ！」

突然、衣楠が興奮した様子で叫んだ。

口をつけたまま、コップを持つ手が止まる。

名案、とやらに期待したからではない。断じてない。

イヤな予感がした。とてつもなくイヤーな予感が。

「将悟くん！　ボクとキミが結婚すればいいんだ！」

ぶ～～～～～～～～っ!!と、将悟は噴水のごとく水を噴き出した。

「ななな、なんで俺《おれ》とお前が結婚⁉」

衝撃のあまり、衣楠が裸なのも忘れて彼女の顔を見る。

「キミはボクが女だという秘密を知っている。なら結婚だってできる。そうすれば『妹』は将悟くんとの結婚をあきらめるしかない！」

衣楠は目をキラキラさせて駆け寄ると、両手で将悟の手を握りしめた。

恋に憧《あこが》れる乙女《おとめ》の目……ではなく、名作戦を立案した参謀の目だった。

――い、いくら美少女でも、この変わり者と結婚だぁ⁉

「まま、ま、待ってくれよ。衣楠はさ、女だってバレたらマズいんだろ？　俺と結婚したら、清流会にいられなくなるだろ？　だからさ、他《ほか》の方法を考えようぜ」

「ボクの心配までしてくれるのか。ますます、将悟くんとの結婚が史上まれに見る素晴らしい作戦だと思えてきたよ！　心配はいらない。結婚したら、ボクは退職する」

「特殊部隊にも寿退社ってあるのか……。でもさ、衣楠みたいに有能な人間なら、みんな引き止めるぜ。俺だってお前に、帝野《みかどの》グループを守ってもらいたいよ」

「う〜む、将悟くんにそこまで言われては、悩むところだ……」

衣楠は腕を組み、実に真剣で悩ましい顔になった。本気で結婚するつもりらしい。

と、また何か思いついたのか、顔を上げて目をキラキラさせながら両手を打った。

「ならばボクと将悟くんで子供を作り、跡継ぎとして育てよう！　二人の子供なら、立派にボクの代わりを担ってくれそうだ。将来、帝野《みかどの》グループを守ってくれるはずだぞ」

「子供を作りって……なんのことかわかって言ってんのか⁉」

「当然だろう⁉　さぁ、善は急げだ」

言うが早いか、衣楠《いくす》は将悟《しょうご》の手を取って居間に走る。

背中からダイブするようにベッドに腰を下ろし、つかんだ将悟の手を引っぱった。

「ななな、何をするんだよっ⁉」

将悟は引っぱられる腕を引き戻し、必死に抵抗しながら叫ぶ。

「今からボクと将悟くんの子供を作る。子供が成長するには年月がかかるから、一日でも早いほうがいい。一晩かけて二人で力をあわせれば、子供の一人くらい作れるさ！」

「いやいやいや、だから、作らなくていいからっ！　ていうか、一晩かければって、子供がどうやって生まれるか、ほんとに知ってるのか⁉」

すると衣楠は不安そうな顔になって、将悟の手を離す。

「ボクの知識に……間違いがあるのか？」

「間違いって言うか……。つまり一晩中アレしても、赤ちゃんができるとは限らないんだよ。逆に、一回でできることもあるしな。——女性の体ってのは、いろいろ複雑で繊細なんだ。ムチャしたらよくないんだぞ。衣楠ももっと、自分の体を大切にしろ」

「そ、そうなのか。——さすが、次代の社長はなんでも知っているのだな」

「そんな大げさなものじゃないって……」

衣楠は将悟をまじまじと見つめ、グッと身を乗り出した。

「頼む。ボクに足りない知識を教えてほしい！　子作りのすべてを、あますところなく教授してくれないか⁉」

素っ裸のままベッドの上で両手をつき、深々と頭を下げる。

彼女の背に浮き上がる背骨をチラッと見ながら、将悟は深々とため息をついた。

「子作りを教授って……。人に聞かれたら確実に誤解されるじゃないか。――わかったよ。そんなに言うなら教えるから……」

将悟は本棚に入っていた、保健の教科書を手に取った。

それから小一時間、将悟は裸で正座する衣楠の前で、保健の教科書の『いのちの誕生』とか『男女の違い』とか『思春期のからだ』といった箇所《かしょ》を読み上げた。

「えー、『はいしゅつされたせい』……ゴホン……『してじゅせいらんとなり』……」

ときどき「俺《おれ》はいったい何をやってるんだ……？」という疑問が脳裏をかすめるが、できるだけ考えないようにした。

衣楠は終始真剣な眼差《まなざ》しで聞いていた。将悟が読み終わると、知識欲が満たされたのか目をランランと輝かせ、彼の手を握った。

「そうだったのか！　ボクは今まで、なんと生命の神秘を知らずにいたのだろう！」

「わ、わかってくれたみたいで、俺《おれ》もうれしいよ」

なぜか衣楠《いくす》の目を直視できない将悟《しょうご》だった。

「──とりあえずさ、今日はこれでおひらきにしようぜ？　宿題だってあるし」

「うむ。ボクも今日は清流会本部に戻るとしよう」

うなずいて立ち上がると、衣楠はようやく、壁にかけてあった制服を着てくれる。

玄関から外に出ると、陽は落ちかけ、もう薄暗かった。

「これから本部に帰って、さっそく知識を高める勉強をし、より完璧《かんぺき》な作戦を練り上げる。将悟くんは必ず『妹』の魔手から守るから、安心してくれたまえ！」

「ま、まぁ、頼りにするよ」

衣楠は背を向け、夕闇《ゆうやみ》の中に歩いていく。

ふと将悟は気づいて、衣楠に問いかけた。

「あのさ、知識を高める勉強って、なんの勉強するんだ？」

衣楠は振り返り、明るく笑顔で答える。

「決まってるじゃないか！　子作りの勉強だ！」

……ガックリと肩を落とす将悟であった。

§

「知ってる？　帝野《みかどの》くんって、男の人が好きらしいわよ」

「ウソーッ。それって、禁断の同性愛!?」

「あたし、帝野さんと水谷《みずたに》さんのBL本作ろうかな」

翌日、将悟が登校すると、すれ違う女子生徒たちが口々に噂《うわさ》しあっていた。

──なんで、こんな誤解されなきゃいけないんだ……。

衣楠は本当は、男じゃなく女なんだ……。いや、部屋で二人のときは、男のほうがいろいろとありがたいんだけどさ……。

校舎の廊下を歩きながら、トホホな気分で教室に向かう。

こんな誤解をなくすためにも、早く『妹』を見つけなきゃ……。

「──ん？」

ふと将悟は、廊下の角から誰《だれ》かが鋭く見つめているのに気がついた。

目を向けると、サッと壁に身を隠す。ちょうど階段を下りた位置だ。

しかし隠れきれず、端からスカートがちらりと見えている。女子生徒のようだ。

「また俺のこと誤解して、見てるのかな……」

ため息をつきそうになって、将悟は思い直す。誤解を恐れてはいけない。人間関係に誤解はつきものだ。大切なのは誤解させないことではなく、きちんと誤解を解くことだ。

「あー、そ、そこのキミ……。俺《おれ》は決して男が好きなんじゃなく……」

近づいて話しかけると、隠れていた女子生徒がタッと駆け出した。

「あ、待ってくれ！」

将悟《しょうご》は思わず追いかける。階段の下に走ると、女の子は背中につけた黒いマントをなびかせながら、階段を駆け上っていた。

「あんなに逃げなくても……」

将悟はそれ以上追いかけず、走り去る女の子を見送った。

そのまま階段を上って、二階にある自分のクラスに向かう。

廊下を進んでいると……今度は背中に、さっきと同じ鋭い視線を感じた。

「また見られてる……？」

また、黒マントの女の子だろうか。その視線があまりに鋭く感じられた。

廊下を歩く間、背中への視線もピッタリついてくる。

チラッと振り返るたびに、教室の扉へ駆けこむ黒い影があった。

「まるで尾行だな……。まさか……」

電話で話した『妹』は、学校での将悟の様子を知っていた。

それは、こうしてじっと尾行して、将悟を見つめているから……？

気づかないふりして自分の教室まで来ると、中に入らず、廊下を駆け出した。

中央の階段にたどりつくと、角を曲がって立ち止まり、壁に張りつく。

さっきとは逆の立場だ。追いかけてきた黒マントの女子生徒は将悟が隠れているのに気づかず、網にかかる魚のように階段の前に走り出た。

「やっぱり追いかけてるのか⁉」

ハッと驚いた彼女が足に急ブレーキをかけ、黒マントが大きくひるがえった。頭にも黒い、魔女のような三角帽子。丸いメガネの奥で、目を見開いている。

黒マントは半回転しながら将悟の脇《わき》をすり抜け、階段を駆け上った。

「お、おい、待ってくれよ！　話したいことがあるんだ！」

黒マントは止まらず、三階へ上り、さらに屋上へと駆けていく。幸い、将悟のほうが足は速かった。両者の距離は少しずつ縮まり――黒マントが屋上の扉を開けて外に走り出た瞬間、将悟は彼女の腕を捕らえることができた。

「頼むから逃げないでくれよ」

「っ‼」

黒マントの少女はにらむような目で振り返った。

小柄な少女だ。下級生の一年生だろうか。ブレザー制服の上に、魔女のような黒マントと三角帽子。髪を片側にまとめて、三つ編みにしている。大きな丸メガネをかけていた。

彼女が立ち止まったのを見て、将悟は腕を放した。

「乱暴にして悪かった。こうでもしないと、話もしてくれなさそうだったから……」

「それほどわたしと話がしたいのか。しょうがないな」

女の子は逃げるのをあきらめたように、クールな瞳《ひとみ》で将悟《しょうご》を見つめる。

それから二人は、屋上のフェンスまで歩いた。見下ろすと、広い学園の敷地にグラウンドが広がり、まわりに様々な施設の建物が並んでいる。敷地の外は住宅街の街並みだ。

「わたしは嵯峨良《さがら》だ。嵯峨良芽依《めい》と言う」

「俺《おれ》は帝野《みかどの》将悟。知ってる……んだよな？」

「それでわたしと、なんの話がしたいのだ？　あいにくトークは苦手なのだが」

彼女が『妹』なのかどうかは、まだわからない。慎重に答えた。

「ほら、ずっと見つめられてたから、気になってさ。どうしてなのかなって」

「見つめた理由、か……」

つぶやくように言って、芽依は突然、将悟の両手を握った。

「——帝野のことが気になってしかたない。だから見つめずにはいられない。……これでは、理由にならないか？」

「いや、なんでだよ。俺の何がそんなに気になるんだ？」

将悟は、妙になまめかしい芽依に気圧《けお》されながら、思わず後ずさりした。

「何が気になる？　愚問だな。帝野のすべてに決まってるじゃないか」

「俺の……すべて……?」

「わたしは帝野のすべてを知りたい。帝野のすべてが見たい。帝野のすべてがほしい」

なんだ……、なんだこの女の子は……?　そこまで俺のことを考えてるなんて……。

後ずさりを続け、背中がフェンスに当たる。

芽依は体の距離を縮め、将悟の両手を握ったまま、ゆっくりと顔を近づけてきた。

「おい、か、顔が……っ。何を……する気なんだよ……?」

「せっかく二人きりになったんだ。まずは帝野と——初めてをしよう」

「初めてって……!」

き、キスのことか?　そりゃ俺は、まだキスもしたことないけど……。

いきなりこんな形で、ファーストキスを奪われるのか!?

そりゃけっこうかわいい子だけど、いくらなんでもこんな一方的に……

「落ちつけ嵯峨良さん。そんなことしちゃいけない！　まずはゆっくり話しあおう！」

将悟が芽依の手をふりほどこうとした瞬間、彼女は言った。

「もっと喜んでくれないか?　——わざわざ、妹からねだっているのだぞ」

「い、いも……うと……?」

彼女が『妹』だったのか?

尾行が見つかり、力ずくで将悟を奪う作戦に出たのか!?

もはや正体を隠すこともせず、無理矢理にでも結婚しようと——？

「ダメだ……。妹とするなんて、いけないことだ……。妹となんて、できない……」

ピク、と芽依《めい》の動きが止まった。少し目を伏せ、悲しそうな顔になる。

「……妹は、嫌いか？」

「嫌いじゃないさ。だが家族だ。家族には家族としてのつきあいがある。わかってくれ。こんなことするのは、間違ってるんだ」

「おかしいな。帝野《みかどの》は一人っ子と聞いたから、妹に憧《あこが》れてるはずと思ったのだが」

芽依は近づける顔を止めて、突然妙《こ》なことをつぶやいた。

「わたしは妹だけじゃなく、メガネっ娘でもあるのだが」

「……はい？」

「そのうえ魔女っ娘だぞ」

「魔女っ娘……？」

「メガネ魔女っ娘の妹だ。恐るべき複合技だろう。——これで琴線に触れないとは、帝野はよほど萌《も》えポイントが狭いのだな……」

「あの、嵯峨《さが》良さん……？　さっきから何を……」

芽依は将悟《しょうご》から離れて、目をパチクリさせた。

「まさか、わたしの店を知らないのか？　こうして毎日、魔女っ娘コスプレをして宣伝してるのだが……。まだまだ営業不足だな」

――店……？　コスプレ……？

芽依はマントの下のポケットから取り出した、小さく折りたたまれたチラシを差し出すと、星のついたステッキをふりふりとしながら見つめてくる。

チラシには、どこかの学校の制服を着た数人の女の子の集合写真が印刷されていた。

『いもうとカフェ　りりかる☆しすたぁず』と大きくロゴが書かれている。

「いもうと……カフェ……？」

「わたしが産業研究のため経営している店だ。誰《だれ》もがお兄ちゃんやお姉ちゃんになれる夢のような喫茶店だ。わたしはオーナーだが、現場を理解するため、たまには店で『しすたぁず』をしているぞ。『しすたぁず』というのは、店の妹たちのことで、普通の喫茶店で言うウェイトレス、メイドカフェで言うメイドのような存在だ」

「……はぁ」

「今はスペシャル期間として、魔女っ娘イベントを開催中なのだ。しすたぁずが魔法の国マジカルランドの魔女っ娘プリンセスになる設定だ。素晴らしいだろう」

「……なんか濃い設定だな」

「ちなみにメガネはわたしが素でかけてるものだから、しすたぁず全員がメガネっ娘ではないので悪しからずだ」

「どうでもいいけど、魔法の国の魔女っ娘《こ》じゃ、妹にならないんじゃ？」

「心配するな。魔法の力で同じ親から生まれた妹という裏設定がある」

「……少子化担当相が聞いたら泣いて喜びそうな魔法だな」

「しかし、妹も魔女っ娘もメガネっ娘も好きじゃないとは、帝野《みかどの》は何に萌《も》えるのだ？　さっきは隠れて尾行などした詫《わ》びに、特別にわたしと初めてのツーショットチェキをプレゼントしようと思ったのだが、残念だ」

「ツーショットチェキ？　それがさっき言ってた『初めてをしよう』ってこと？」

芽依《めい》は黒マントのポケットから小型のデジカメを取り出した。

「しすたぁずと二人でポラロイド写真を撮れるサービスだ。チラシにも書いてあるだろう？　通常は三千円のお食事ごとに一個のスタンプを、三十個集めてもらえるのだが」

「……ぼったくってねぇか？」

「そんなことはない。一ヶ月でスタンプ三十個集めてしまう強者《つわもの》もいる」

「ほんとかよ。――で、それじゃ嵯峨良《さがら》さんは、なんのために俺《おれ》を見てたのさ？」

「わたしも実業家の端くれだ。帝野グループ前社長の一人息子に興味ないわけがなかろう。偉大者の血を引く者は、どんな生活を送っているのか。わたしは、帝野の日常生活のすべてが知りたいし、している勉強のすべてが見たいし、経営者の血を引きし才能のすべてがほしい」

「そういう意味かよ……」

ガックリと、全身から力の抜けた気分の将悟《しょうご》だった。

「？　どういう意味だと思ったんだ？」

「なんでもないよ。――けど、嵯峨良《さがら》さんってすごいな。まだ一年生なんだろ？　それで店を経営してるなんて。さすが、政財界の子息が集まる深流院《みりゅういん》学園だよな」

「一年生？　わたしは三年生だが」

「えっ……！　三年……？」

将悟は思わず、まじまじと芽依《めい》の顔を見つめた。

見つめられ、顔を赤くしながら芽依は口をとがらせる。

「なんだ……。わたしが三年生ではおかしいか？」

「嵯峨良さん小柄だから、下級生とばかり……。ていうかセンパイ……だったんですね」

考えてみれば、将悟は上級生を自分の妹だと誤解したことになる。

――さすがに年上の妹なんて、いるはずないしな。

「気にしてないさ。それより帝野《みかどの》。そのチラシをあげるから、一度わたしの店に来てくれ。汚名返上だ。今度は必ず、帝野が萌《も》えて悶《もだ》える妹を準備して待ってるぞ」

将悟は再び『いもうとカフェ　りりかる☆しすたぁず』のチラシを見た。

妹に萌えて悶える……？　なんて悪趣味な……。

「……ヒマで気が向いて金に余裕があったら行ってみますよ。ははは……」

するると芽依は突然、かけていたメガネを外した。

胸の前で両手を握りしめ、うるうると将悟を見上げる。

「ぜ〜ったい来てよね！　約束だよ、お兄ちゃん!!」

ゾクゾクゾクッと、将悟の背筋に悪寒が走った。

な、なんだこの『きゃるん』って目は！

「——ま、店ではザッとこんなもんだ。それじゃ帝野、来店を楽しみにしているよ」

芽依はメガネをかけ直し、クールに微笑しながら言う。

呆然《ぼうぜん》と立ちつくす将悟をよそに、黒マントをひるがえし校舎内に戻っていった。

「女の子って……恐ろしいな……」

芽依のあまりの変わり身が、頭にこびりついて離れない将悟だった。

§

「きりーつ、れーい」

午前の授業が終わり、教壇に立つ小都里《ことり》先生はイヤッホゥとガッツポーズをした。

「一番楽しい昼メシの時間だぞぅ！　みんな、よく食って昼寝しろ！　食って寝る子は成長するからな！」

「はいっ！」

一人の男子生徒が手を挙げる。

「なんだ、鈴木!?」

「小都里《ことり》先生は、成長しないほうが魅力的です！」

「アンポンターン!!」

「へぶしっ」

黒板消しを顔面に受け止め、鈴木は撃沈した。

「せんせーのナイスバディはとっくに成長しきっておるわ！」

昼休みになり、教室内がたちまち慌ただしくなる。売り切れ前に食券を買わねばと食堂に走る足音。友だちとお弁当を食べるため、机をガタガタと移動させる音……。

「将悟《しょうご》さん、一緒にお昼、しませんか？」

隣の席の心乃枝《このえ》が声をかけてきた。

「今日は、手作りのお弁当作ってきたんです。将悟さんにも、わけてあげようかな」

心乃枝の手作り弁当……!?　一瞬、将悟の心がときめく。

しかし……。

これは、罠《わな》かもしれない。実は心乃枝は『妹』で、恋人として近づく作戦の……。

「ダ〜メ。将悟はあたしと一緒に食べるんだもんね〜」

悩んでる将悟の背中に、雅《みやび》が抱きついてくる。

「お、おい雅っ⁉」

「さ、食べに行こ食べに行こ。二人っきりになれるいい場所見つけたんだ」

ほおをスリスリさせてくる雅を見ながら、将悟はやっぱり警戒せずにはいられなかった。

――それとも、雅が『妹』で、これは俺《おれ》を誘惑するための……？

心乃枝か雅か。どちらかが『妹』なら、その目的は――こうして近づいて仲よくなって、いつか……血のつながった兄である将悟と、結婚することだ！

「俺、今日はあまり腹減ってないから、食べなくていいかな〜って」

「なんでよ〜っ⁉　さっき、お腹グゥ〜って鳴ってたじゃん！」

「もしかして将悟さん、わたしと一緒じゃイヤなんですか⁉」

雅も心乃枝も、不満そうに声を上げる。

と、二人の目と目があって……。

「神凪《かんなぎ》さんがベタベタするから、将悟さんが困ってるじゃないですか！」

「な、何よっ。あたしのせいだってーの⁉　違うわ、鶴眞《つるま》さんがいっつもベッタリくっついてるから、将悟、うっとうしくなっちゃったんじゃない！」

「いつわたしがベッタリしたんですかっ」

「へー。将悟《しょうご》の編入初日にいきなりキスしようとしてたの、どこの誰《だれ》だっけぇ」

雅《みやび》の攻撃に、心乃枝《このえ》は顔を赤くしてたじろいだ。

キス、という言葉にまわりの生徒が振り返る。心乃枝はますます顔を真《ま》っ赤《か》にし、アワワ……と両手を震わせた。

「ちち、違います！　あ、あれは、キスしてたんじゃなくて、あの、その……」

「その、何よ？」

「二人でシュークリーム食べてたんです！」

「シュークリームぅ……？　あんなに顔近づけて？」

「そうです！　将悟さんと口移しで食べてたんです!!」

——おい心乃枝。混乱して何言ってるか、わかってないだろ。

雅はポカンと口を開け、まわりの生徒たちまで一斉に将悟を見つめる。

い、痛い……。降りかかる視線がものすごーく痛い……。

「だから、ぜーんぜんベタベタしてませんよ」

一人、心乃枝はえっへん！と胸をはった。

「……あのさ、鶴眞《つるま》さん」

雅は冷酷な目で心乃枝を見つめた。

「あたし、ずっと前から思ってたんだけどさ……」

「な、なんですか？　わたしに言いたいことでも？」

「えぇ。この際だから言わせてもらうわよ」

「どうぞっ。言いたいことがあるんなら、言ってください」

「鶴眞さんって、マジメでおとなしそうで、いかにも優等生ぶった顔してるけどさぁ」

「それが、なんだって言うんですっ？」

「ハッキリ言って……」

ごくりと心乃枝がつばきを飲みこんだ。

「むっつりスケベでしょ」

「む、むっつ——!!」

心乃枝は大口を開けて絶句した。

じわっ、と彼女の目に大粒の涙が浮かぶ。

「ななな、な、なんてこと言うんですかっ！　面と向かってそんなこと言うなんて……ひどいですっ！　あんまりですっ！　この人でなしっ!!」

心乃枝は真っ赤な顔で雅に食ってかかった。

——どうでもいいけど、むっつりスケベは否定しないのか？

「もういいです！　将悟さん、神凪《かんなぎ》さんなんかほっといて、お昼ごはんに行きましょ！」

プンプンと怒ったまま、心乃枝は将悟の手を取って歩き出そうとした。

「将悟《しょうご》っ！　鶴眞《つるま》さんなんかといたらダメ！　あたしと食べに行くの！」

雅《みやび》が反対側の手を取って引っぱる。

「ま、待ってくれよ、二人とも……!!」

——お、俺《おれ》は、『妹』の誘惑から逃れられない運命なのか!?

将悟が危機に悲鳴を上げそうになったとき……

「申し訳ないね、鶴眞さん、神凪《かんなぎ》さん」

静かに力強く神々しく、救いの声が周囲に響き渡った。

「悪いけど、将悟くんには先約があるんだ」

将悟の前の席で教科書を片付けていたミスターX……もとい、衣楠《いくす》だ。

席を立ち、余裕しゃくしゃくといった顔で将悟の隣に歩いてくる。

心乃枝《このえ》や雅から、華麗に将悟の手を奪い取り、ギュッと握りしめる。もう片方の腕で、将悟の肩を力強く抱いた。

「将悟くんはね、これからボクと二人っきりでお昼ごはんなのさ。ねぇ将悟くん、今日は二人であ〜んをしよう」

心乃枝と雅が、あ〜んぐりと口を開けて将悟たちを見つめた。

「おい、衣楠、助けてくれるのはいいけど、ちょっと近づきすぎだってば」

将悟はくっついてくる衣楠を必死で押し戻そうとした。

と、その手が衣楠の右胸を押してしまい……

「んっ」

妙に艶《つや》っぽい声を上げる。

しまった、こいつ女なんだ……。

衣楠はつややかな目で将悟を見つめ、耳元にフッと息を吹きかける。

ゾワゾワゾワッ!!

「二人きりになるまで、ガマンしてくれたまえ……。じゃあ将悟くん、行こうか……」

全身に鳥肌を立てて固まる将悟の手を引いて、衣楠が歩き出そうとする。

と、そんな衣楠の前に、心乃枝が立ちはだかった。

「水谷《みずたに》さんっ！　水谷さんは、将悟さんとどういう関係なんですかっ!?」

すると雅も心乃枝の隣に立って、衣楠と向かいあう。

「そうだよ！　男どうしなのにそんなにベタベタしちゃってさ！」

二人の女の子ににらまれても、衣楠はまったく動じることなく答えた。

「どういう関係？　もちろん決まってるさ。将悟くんと子作りする関係だ」

——頼むから自分の格好見てから言ってくれ。

衣楠の中身的には問題ないのに、将悟は絶望的な気分になった。

「こここ、こ、こづ、こづ、こづ……」

心乃枝《このえ》は真《ま》っ赤《か》な顔のまま口をパクパクさせ……

「お、男どうしで……男どうし……」

雅《みやび》の口から、タラーッとヨダレが垂れた。

「ややや、やっぱり……やっぱり、おかしいと思ってました……。将悟《しょうご》さん、男の人しか愛せない人だったんですね……」

心乃枝はワナワナと震えながら、衣楠《いくす》と将悟を交互ににらみつける。

「そんな……将悟が、男を好きな男子になっちゃうなんて……ううっ」

ヨダレをハンカチでふきながら、雅は嗚咽《おえつ》混じりの声ですすり泣く。

「ま、待ってくれ二人とも。衣楠は男の格好してるけどほんとは……」

直後、将悟は寒気がして総毛立った。いつの間にか首筋に手刀が突きつけられている。

「ほんとに、男なんだぜ……」

敗北した気分でガックリうなだれた。

「信じらんない。だから将悟、あたしたちを避けてたんだ……。このヘンタイ……」

雅が冷たい目でにらみつける。

「ち、違うんだ、俺《おれ》は決してヘンタイとかじゃなく……」

「将悟っ!!」

「将悟さんっ!!」

弁解も許さない、雷が落ちるような二人の怒声に、将悟はすくみ上がった。

それから心乃枝と雅は互いに目を見あわせ、大きくうなずきあう。

「神凪《かんなぎ》さん！　ひとまず休戦です！　将悟さんを救い出さなくては！」

「そうよ！　将悟を、ヘンタイから更正させなきゃ！」

さっきまでケンカしていた二人が、今や共通の敵を見いだし、ガッシと堅い握手を交わす。宇宙人に襲撃され、一つになった地球人類のような崇高さを漂わせながら。

「安心してください、将悟さん！　子作りは女の子とするものだって教えてあげます！」

「まともな人生に引き戻してあげる！　将悟、ちゃんと子作りできるようになるから！」

決意を胸に秘めた目で、真剣に『子作り』と叫ぶ二人を前に……ますますまともな人生に戻れなささうな気がしてしょうがない将悟だった。

§

夜。将悟はドッと疲れたまま、ベッドに横たわっていた。

――と、携帯電話が鳴る。『非通知着信』。力の入らない手で電話に出た。

『こんばんは、お兄さま』

相手は名前も顔もわからない、生き別れの妹……。

「……やっぱりお前かよ」

『どうなさったのですか？　なんだか疲れた声してますよ』

「誰《だれ》のせいだと思ってるんだよ」

『誰のせいなんですか？』

「お前だってば！」

『お兄さまったら、わたくしと一緒に疲れたいだなんて……。体力が持ちません……』

「こらこらこら、人の言葉を歪曲《わいきょく》しないでくれ！」

——『妹』のやつ、だんだん調子に乗ってきてないか？

ここは一つ、兄としてガツンと言ってやらねば。

間違いを叱《しか》るのも家族の大切な役目だ。俺《おれ》たちは家族なんだから。

「いいか、『妹』よ」

将悟《しょうご》はベッドの上に座り直し、さとすように語りはじめた。

「俺たちは兄妹だ。なのにお前は結婚したいと言う。それは許されないことだ」

『だからこそ、よけいに燃え上がるのではありませんか』

「——よく聞け。俺たちが結婚するというのは、法律を犯すことだ」

『もう、お兄さまってば。犯すのは法律じゃなくて、このわ・た・く・し』

「……疲れた。電話切っていいか」

『いやん、お兄さまの怒りんぼ。——それよりわたくし、今どこにいると思います？』

「どこにいるんだよ」

『お風呂《ふろ》です。お風呂の中から電話しているのですよ』

電話の声の向こうから、ちゃぽん、とお湯の音がする。

『ねぇ、お兄さま。お風呂に入ってるわたくしの姿、見てみたいですか？』

「妹の裸なんか見たくねぇよ」

『残念です。せっかく写メールでお送りしようと思ったのに……』

メール……？　そのとき、将悟の頭がひらめいた。

いくら非通知着信でも、メールを受信すれば、送信元のアドレスが判明するはずだ。

そこから『妹』の携帯番号を割り出せるかもしれない。さらに持ち主の彼女自身も。

もちろん将悟一人では難しそうだが、衣楠《いくす》や清流会に頼めば……。

——フッ。『妹』め、調子に乗りすぎて油断してるな。こっちには味方がいるんだ。

「いやまぁ、絶対見たくないってわけじゃないぞ。家族として、お前がどのくらい成長したのか、興味なくもないからな。あくまで家族としての興味だ」

『お兄さまの照れ屋さん。でも……やっぱり体を見られるなんて、恥ずかしいです』

「い、一部でもいいぞ。ほら、つま先とか。ちょっとだけ写真に撮って、送ってくれよ」

『もう……。そんなに見たいだなんて、お兄さまってエ・ッ・チ』

「は、ははははは……。お、俺《おれ》も一応男だからな……」

——くそ、何がエ・ッ・チだ。

将悟《しょうご》は心の中で歯ぎしりしたが、これも正体を突き止めるためだ。

『じゃあお兄さま、その代わり、簡単なお願いを一つ、してもいいですか？』

「簡単なお願い？　なんだよ」

『「俺は妹と結婚したい」って、十回言ってください』

「……お前は俺を精神崩壊させる気か」

『「俺は妹が好きだ」って十回でもいいですよ』

好き放題言いやがって……。俺は、そんなこと口にできるヘンタイじゃねぇぞ！

だが……これはチャンスだ。『妹』の正体を探る、またとないチャンスだ……。

「お、俺は……」

将悟はお経を唱えるような口調でつぶやきはじめた。

「おれはいもうとがすきだ、おれはいもうとがすきだ、オレハイモウトガスキダ……」

心の中では必死に「あくまで家族としてだ、家族としてだ……」と唱え続ける。

「——ど、どうだ、十回言ったぞ。約束だ、写真送ってくれ」

『お兄さまの言葉……うっとりしてしまいます……。今の声、録音しておきましたから、今夜は眠れなさそう』

「寝ろ。美容に悪いぞ。とにかくお前の願いを聞いてやったんだからな」

『それではお礼に……でも、やはりお兄さまには、直接体を見ていただきたいです』

「は!?　おま、今さら何言って……」

『で・す・か・ら、お兄さまと結婚したら、今日の分までたっぷりお礼して、見せて差し上げますから。楽しみにしててくださいね』

「いや、そんなのいいから、メール……」

『おやすみなさい、お兄さま』

「ちょ、ちょっと待てよ、おいってば！」

電話は切れた。

将悟は呆然《ぼうぜん》と、沈黙する携帯電話を見つめ……

「ちくしょうっ！　騙《だま》されたっ!!」

涙で枕《まくら》を濡《ぬ》らす夜を送るのだった。

4章　クラスメイトが妹になった？

薄暗い空間に、心乃枝《このえ》と雅《みやび》が立っている。
それから生徒会長の愛菜《まな》と、副会長の凜香《りんか》。
さらに男装の衣楠《いくす》と、魔女っ娘コスプレの芽依《めい》。
おまけに小都里《ことり》先生と瀬利《せり》秘書までいる。
みんなが将悟《しょうご》を取り囲み、口々に呼んでいた。
『お兄さま、お兄さま、お兄さま、お兄さま、お兄さま、お兄さま……』
やめてくれ……やめてくれ……。
将悟は逃げ出そうとするが、足が固まったように動かない。
『結婚しましょう、お兄さま』
ハッ——として、将悟は目を開けた。
夢……か……。
悪夢だった。うんうんとうなされた。シーツがぐっしょり濡《ぬ》れるほど寝汗をかいた。

「……ちゃん」

夢から覚めて安堵《あんど》の息をつく。

さっきから、なんだか体が揺れていた。

「……お兄ちゃん」

誰《だれ》かが呼んでる気がする。

将悟が声のするほうに体を向けると……。

「もう！　早く起きて、将悟お兄ちゃん！」

……心乃枝がいた。

制服を着てベッドの脇《わき》に立ち、将悟を見下ろしながら彼の体を揺すっている。

——将悟……お兄ちゃん……？

「早く起きないと、学校、遅刻しちゃいますよ？」

将悟は上半身を起こし、寝ぼけ半分の頭で心乃枝の顔を見つめた。

「な……なんですか？　将悟お兄ちゃん」

「心乃枝、一つ頼んでもいいか？」

「は、はい」

「俺《おれ》のほっぺを思いっきりつねって引っぱってくれ」

「……いいんですか？　思いっきり？」

「あぁ。引きちぎれるくらいに、だ」

心乃枝《このえ》はおずおずと指先で将悟《しょうご》のほおをつまみ、引っぱった。

「いっ、痛いたいたいたい！　ギブ、ギブキブ！　ロープロープロープ!!」

「将悟お兄ちゃんが引っぱってって言うから……」

「ゆ、夢じゃないだって……？」

将悟は真っ赤《まか》になってヒリヒリするほおをさすりながら、心乃枝を見た。

なんだ……？　何が、起きてんだ……？

将悟が呆然《ぼうぜん》としていると、台所のほうから駆けてくる足音がある。

「将兄《しょうに》ぃ、やーっと目ぇ覚ましたっ!?　いつまで寝ぼすけしてんのバカ兄貴っ」

雅《みやび》が制服の上に、フリルのついたかわいらしいエプロンをつけていた。

――将兄ぃ……？

呆然とする将悟の前に、二人の妹（？）が立っていた。

「なるほど、つまり、俺《おれ》が女性の魅力に気づけるよう訓練してくれる、と」

将悟は部屋のまん中にどっかり腰を下ろし、腕組みをしながら言った。

目の前には心乃枝と雅が座って、真剣な顔で将悟を見ている。

「そうです！　将悟さんが男の人を好きになるんじゃなくて、ちゃんと女の子を好きになれるよう、導いてあげるんです！」

「あたしたちが将悟を矯正するから！　このままじゃ将来、女の人と結婚して子作りすることもできなくなっちゃうよ！」

心乃枝と雅は勢いこんで叫んだ。不治の病に立ち向かう熱血医師にすら思える。

「矯正ってなぁ……。じゃあ、その妹みたいな口調はなんなんだよ」

するとと心乃枝が立ち上がり、机に置いてあった一枚の紙を手に取った。

「これですっ！」

昨日芽依《めい》から手渡された『いもうとカフェ　りりかる☆しすたぁず』のチラシだった。

捨てたら芽依に怒られそうで、しょうがなく机に置きっぱなしにしていたのだ。

「それは、昨日センパイにもらっただけで、俺は全然興味なくて……」

しかし将悟の言い訳も聞かず、心乃枝は言った。

「将悟さんって、そんなに妹がほしかったんですね。初めて知りました」

「いやむしろ、いらないいくらいなんだけど」

「将悟がシスコンだなんて、ショックだよ。でも男の人しか愛せないより、いいって思うんだ。あたしたち本物の妹じゃないんだし。ほら、義理の妹ならOKって言うじゃん」

「何がOKなんだ。誰《だれ》が言ってるんだ。そもそも、どうやって俺の部屋に入ったんだよ」

すると心乃枝が、開けっぱなしの庭の窓を指さした。

――しまった、戸締まり忘れてた……。

昨夜は、ただでさえ疲れていた上に、『妹』からの電話でさらにドッと疲れ、そのまま窓を閉めるのも忘れて眠りこんでしまったのだ。

「しっかりしないとダメですよ。――でもこれからは、わたしが将悟《しょうご》さんの妹になって世話をしますから。ねっ、将悟……お兄ちゃん……」

お兄ちゃん、と言いながら、心乃枝《このえ》は目を伏せ、ポッ、とほおを赤らめる。

この異様な状況はなんとかしなければならないが……まずは心を落ちつけて対策を考えよう。それに女の子二人の前でいつまでもパジャマ姿なのも恥ずかしい。

「とりあえず着替えるから、二人とも部屋を出ててくれよ」

すると心乃枝は、将悟の前で立ち膝《ひざ》になった。グッと身を寄せて――両手を将悟のパジャマに手をかける。

「待て待てっ！　な、何ボタン外そうとしてるんだよっ！」

「何って……お兄ちゃんが着替えるの、手伝ってあげるんです」

「一人で着替えられるってば！」

「そんなのダメです！　心乃枝にも手伝わせて！」

「なんでだよっ」

「だって将悟お兄ちゃん、いつも心乃枝の着替え、手伝ってくれるから……」

「手伝ってねぇっ」

「心乃枝、いつまでも子供じゃないんですから……。もう大人なんです。ちゃんと、お兄ちゃんの着替え、手伝えるんです……。だからお願い。心乃枝に、手伝わせて……」

うるうると、今にも泣きそうな顔で心乃枝は見上げた。

――かわいい。実にかわいい！　だが間違ってる。こんな妹、断じて間違ってる！

将悟の心が必死の抵抗をしても空しく、妹・心乃枝の細い指先がパジャマの隙間《すきま》からするりと入って、彼の胸に触れた。

このままじゃ、心乃枝にパジャマを脱がされて、裸を見られちまう……。

「心乃枝、ま、マジでヤバイから……」

「大丈夫です、将悟お兄ちゃん……。わたし大人だから、お兄ちゃんのこと……恥ずかしくない……。お兄ちゃんの妹だから……恥ずかしくないもん……」

心乃枝は顔を真っ赤《まか》にして、将悟が着るパジャマの、最初のボタンを外そうとした。

やめるんだ……。そんなことされたら……何かが、俺《おれ》の何かが壊れちまう!!

将悟が心の中で悲鳴を上げたとき――

「あーあ、ぜーんぜんダメ。鶴眞《つるま》さん、わかってないなぁ」

さっきから見ていた雅《みやび》が肩をすくめて、あきれた声を出した。

「な、何がわかってないんですかっ!?」

心乃枝《このえ》は将悟《しょうご》のパジャマから手を離し、雅《みやび》をにらみつける。

ホッとしたような、ちょっと残念なような気分の将悟だった。

「鶴眞《つるま》さんさぁ、考えてみなさいよ。お互いに着替えを手伝ってあげる兄妹なんて、世界中探したっているわけないじゃん。常識的に考えて」

——おぉ雅！　よくぞ言ってくれた！

雅のやつ、意外と現実ってものをわかってるじゃないか。

「むっ。これは、理想の妹なんです。世界中のお兄ちゃんは、こんなふうに尽くしてくれる理想の妹を求めてるんですよ」

しかし心乃枝の反論にも動じず、雅はフッと余裕の笑みを浮かべた。

「そんなの、しょせん幻想よ。ファンタジー妹よ。世界中の兄貴はね、もっと現実感のある妹に魅力を感じるの。なんていうかな、リアリティっていうのかな」

「じゃあなんですか。神凪《かんなぎ》さんは、リアリティある妹だって言うんですか？」

まぁ見てなさい、って目で不敵にほほ笑む雅。

それから雅は突然キョロキョロと床を見回し、大声を上げた。

「あ〜っ、将兄《しょうに》ぃ、またこんなとこにトランクスを脱ぎ捨ててる！」

雅は、なぜか床に落ちていたトランクスをイヤそーにつまみ上げた。

「それ、夕べ洗濯カゴに入れたやつだぞ。なんで床に……」

「もうっ、将兄ぃってほんと、デリカシーのかけらもないんだから！　ちょっとは妹の目も意識してよね！」

「だから洗濯カゴに……」

　プンプンと怒りながら、雅はつまみ上げたトランクスを持ったままベランダまで歩く。ポイッとゴミを捨てるように洗濯機に投げこんだ。

「あ～ヤダヤダ。どうせろくに洗濯もしてないんでしょ。いいわ、あたしが洗ってあげるから。──か、勘違いしないでよっ！　家がくさくなっちゃうから洗ってあげるの！」

　雅がスイッチを押すと、洗濯機はゴトゴトと動きはじめた。

「お、なんかいろいろアレだが、一緒に住んでる家族って雰囲気は感じなくもないな」

　雅のようにかわいくて、ちょっと素直じゃない妹。──こんな妹が家族にいたら、賑《にぎ》やかで楽しい日常になるかもしれない。

　そんなふうに将悟が感心していると、雅はふいに、洗濯機に手をついてうなだれた。

「──ゴメンね将兄ぃ。ほんとは、昨日お風呂《ふろ》から上がったらあたしのパンツ乾いてなくて……代わりに、将兄ぃのトランクス……はいて寝ちゃったんだ……」

「ぶっ」

　将悟の制服のシャツを着て、恥ずかしそうにトランクスをはく、雅の姿が思い浮かぶ。

「将兄ぃのトランクス……温かかったよ……。これって……恋……かな……？」

たまらず、将悟《しょうご》は立ち上がって叫んだ。

「もういいっ！　もういいからお前ら、部屋を出てくれっ」

「なんでよっ。あたしの完璧《かんぺき》なリアル妹のどこが気に入らないってわけ!?」

「どこがどう完璧にリアルなんだっ!?」

「やっぱり将悟お兄ちゃんは、理想的な妹を求めてるんですよね!?」

「だから求めてねぇって！　それより早く着替えないと、遅刻するからっ!!」


なんとか二人をキッチンに追い立て、将悟は着替えを済ませた。

三人で外に出て、玄関の鍵《かぎ》をガチャリとかける。

「よし、鍵はかけたぞ。窓も閉めたぞ。夜もしっかり確認するからな。だから二人とも、もう勝手に侵入するなよ」

すると心乃枝《このえ》も雅《みやび》も「え～っ」と露骨に不満そうな顔をする。

「俺《おれ》のプライバシーっていったい……。もういいや、早く学校行こ……」

将悟が歩き出そうとすると、心乃枝が正面に立って見つめた。

両目を閉じて、すぼめた唇をそっと突き出している。

「将悟お兄ちゃん、忘れちゃダメですよ。お出かけのキス」

「なんでお出かけするのにキスなんだよ」

「もう。兄妹なんだから当たり前じゃないですか」

するとと黙ってらんないとばかり、雅が間に割って入った。

「ちょっと鶴眞《つるま》さん、兄妹でそんなことするなんて、おかしいでしょ！」

「だってわたし、ファンタジーな妹ですから。このくらい理想的で当然です」

「くっ……。わかったわよ。だったら将兄《しょうに》ぃ！　あたしが先っ！　ほら、まずあたしに朝のチューしてよっ！」

心乃枝は薄目を開けて、ふふんと雅を見つめた。

「あら……？　リアリティある妹は、お兄ちゃんとキスなんかしたらヘンですよねぇ？　本物の妹は、そんなことしませんものねぇ。常識的に考えて」

ズガーン!!と全身を硬直させ、雅は真っ白に固まった。

「それじゃ将悟お兄ちゃん、さっそくお出かけの……って、あら？」

心乃枝がキョロキョロ見回すと、将悟は逃げるように道の先をダッシュで走っていた。

§

昼休み。小都里《ことり》先生が教室を出ると同時に、心乃枝と雅は将悟に目を向けた。

「将悟お兄ちゃんっ、今日こそ一緒にお昼食べましょうね」

「あたし早起きして、将兄《しょうに》ぃのためにお弁当……に入れるふりかけ用意したんだよ」

さっそく妹モードで話しかけてくる二人に、将悟《しょうご》は頭痛がした。食堂より、保健室に行きたい気分だ。

「おい、衣楠《いくす》、なんとかならないか?」

救いを求めるように、将悟は前の席の衣楠に小声で話しかける。

衣楠が振り返った瞬間、心乃枝《このえ》と雅《みやび》がガッチリと将悟の腕を抱えた。

「将悟お兄ちゃんは渡しません!」

「ダメだよ将兄ぃ、水谷《みずたに》くんと目をあわせたら妊娠しちゃう!」

衣楠はフッと肩をすくめた。

「どうやらボクが出しゃばると、二人をますますヒートアップさせてしまうようだ。ボクはしばらく、様子を見させてもらうよ」

「お、おい衣楠……。そんな殺生な……」

「やれやれ、素直にボクと結婚すれば、万事解決するのに」

ニコッと笑い、一人で席を立つ。そのまま鼻歌を歌いながら、クラスの女の子たちの黄色い悲鳴を連れて、教室を出ていった。

「だから……誤解されるようなこと言わないでくれ……」

孤独の身に打ちひしがれる将悟の両腕を抱え、心乃枝と雅は立ち上がった。

「さ、食堂に行きましょう。今日は特別に頼んで、裏メニューの『スッポンの蒸し焼きニンニク風味』を用意してもらったんですよ」

「は、ははは、とっても精力がつきそうな料理だね……」

「あたしが作った『特製・マムシとサソリの日干しふりかけ』をた〜っぷりかけてくれなきゃダメだからね！」

「もう、今夜は眠らないぜって感じだな。ははははは……」

まるでボロきれのように、食堂へと引きずられていく将悟だった。


一日の学校生活を終えた将悟は、背中を丸め、すっかり疲れた顔で帰路を歩いていた。

体は疲れきっているのに、体の内側ではこみ上げる衝動がグツグツと煮立っている。

「くっ……。なんだよ、この全身ムラムラが止まらない感覚は……」

「将兄ぃ〜、さっきからどうしたのよ？　気分悪そうだよ？」

「言ってくれれば、わたし、いつでも介抱しますから！」

将悟の後ろから、不安そうな雅と心乃枝の声がする。

「あぁ、二人とも、心配してくれてありがとな……って」

クワッと威嚇するような勢いで将悟は振り返った。

「スッポンだのニンニクだのマムシだのサソリだのたらふく食わせるからだろーがっ！」

叫んで、ぜーはーと息をつきながら二人を見つめた。

「将兄《しょうに》ぃ、怒ってるぅ～」

「許してくださぃ～」

雅《みやび》と心乃枝《このえ》は、わざとらしく震えながら抱きあった。

――うっ……。二人がくっついてるの見ただけで……なんでこんなにドキドキするんだ……。くそ、お前たちなんでそんなかわいい顔してるんだよ……。

心臓がバクバク鳴って額に汗がにじむ。今すぐにでも二人の間に飛びこんで抱きしめたい。心乃枝と雅の胸に挟まれたい。――そんな衝動を必死で押さえた。

将悟《しょうご》はくるりときびすを返して早足で歩き、アパートの前まで帰った。

「じゃ、俺《おれ》は部屋に帰って寝るからな。窓の戸締まりも忘れないからな。雅も心乃枝も、また明日学校でな」

ついてきた二人に手を振りながら、玄関に向かう。

「何言ってんの、将兄ぃ。あたしたち、今夜は将兄ぃの部屋に泊まるんだから」

将悟はピタッと足を止め、おそるおそる振り返った。

「……はい？　泊まる？　なんで？」

「なんでって、あたしたち将兄ぃの妹じゃん。一緒に泊まるくらい、当然でしょ」

「いやいやいや、当然じゃないだろ」

「忘れたの？　あたしたちの目的は、将兄ぃが女の人を好きになれるよう、矯正してあげることなんだからね。治療はこれからが本番！」

治療って……。どんな治療するつもりなんだよ……。

「そうですよ、将悟お兄ちゃん！　逃げちゃダメです。現実と戦わないと！」

将悟はすっかり怯《おび》えた目になって二人を見回した。

——こ、こんな、こんな全身ムラムラした状態で、雅や心乃枝みたいなかわいい女の子と一晩中同じ部屋にいたら、俺は、俺は……。

だけど二人は……俺の、血のつながった妹かもしれないんだぞ！　俺と恋人になり、結婚しようとしてる『妹』かもしれないんだぞ！

そこまで考えて、将悟はハタと思いついた。

——いや待てよ。これは『妹』を特定するチャンスじゃないか？

今までの『妹』からの電話は、全部夜にかかってきた。もし、今夜二人と過ごしている間に『妹』からの電話があれば……心乃枝と雅は、『妹』じゃないってことになる！

逆に電話がなければ——もちろん毎日かかってくるわけではないが——二人のどちらかが『妹』という可能性が残り、今後も警戒しなければならない。

「しょうがないなぁ。今夜だけ特別だぞ。泊まってもいいけど、おとなしくしろよ」

これは賭《か》けだ。いや、勝負だ。今夜は『妹』と俺の、静かな戦いの夜なんだ！

夜の九時過ぎ。将悟《しょうご》は一人、部屋の机に向かって、ひたすらカリカリと数学ドリルの上で鉛筆を動かしていた。

夕食に取った出前のピザを食べたときも、ひたすら手を動かし続けていた。脇《わき》にはもう三冊も、現代文や科学のドリルが積み上がっている。

どんなに心乃枝《このえ》や雅《みやび》から「退屈だから遊ぼうよ〜」なんて体を揺すられても、決して屈せず勉学に向かいあった。その不屈の精神が十年続けば、ノーベル賞だって取れるんじゃないかってほど真剣かつ集中して。

「えーっと、この式をこっちに代入して……あれ、このχが間違ってるな……」

少し問題につまった瞬間、耳に浴室からのシャワー音が響いてきた。

『いいなぁ……。鶴眞《つるま》さんのおっぱい、いい形してて……』

『神凪《かんなぎ》さんだって、キュッて引き締まったおしりしてるじゃないですか』

『ふんっ。男なんてみんな、胸しか見ないんだから。揉《も》んでやるっ。この、このっ!!』

『ひゃっ!! や、やめれくださいい〜、か、感じちゃいますってば〜』

ボキッ、と鉛筆の芯《しん》が折れた。

「ていうかあいつら……絶対わざとやってるだろ……」

将悟は、机に置いた携帯電話を見つめた。

電話は沈黙したままだ。『妹』からの電話は、まだない。

——ちくしょう。『妹』からの電話さえあれば、今すぐ風呂場《ふろば》に飛びこみたいぜ……。

二人が浴室から出る音がして、心乃枝と雅が居間に戻ってくる。

「将兄《しようにい》ぃの部屋のシャワー、気持ちよかったよ～」

「将悟お兄ちゃんと一緒に入りたかったですのに、残念……」

——あぁ、俺《おれ》だって入りたいよ。すごーく入りたくてたまらなかったさ！

ちらりと二人を見たとたん、将悟の全身がまたもムラムラッと沸き立った。

心乃枝が着ているのは、ピンク地に大きなハートマークのついた、かわいいパジャマ。

雅は、白地に水玉模様のまき散らされた、元気な子供に似合いそうなパジャマ。

——あの薄い布の下に、心乃枝や雅の体が……。

将悟はぶんぶんと頭を振ってドリルを閉じた。

「俺はキッチンにマット敷いて、もう寝ることにするよ。二人は、居間で好きに寝てくれ。ベッド使ってかまわないから」

携帯電話を持って、早足にキッチンに向かおうとする。

と、その腕を二人がひっつかんだ。

「将悟お兄ちゃん！　兄妹なんですから、一緒に寝なきゃダメです！」

「ひ……羊がごひゃくよんじゅうにひき……羊がごひゃくよんじゅうさんびき……羊がごひゃく……あれ……よんだっけ、さんだっけ……」

わからなくなって、将悟《しょうご》はパチッと目を開けた。

カーテンの隙間《すきま》から月光が射しこみ、室内はほんのりと明るい。

寝てから一時間以上たっただろうか。眠くなるどころか、ますます頭がさえてくる。全身が熱く血がたぎり、大声で雄叫びを上げたくてたまらない。

「くうっ……。昼間のスッポンだのマムシだのがますますきいてるぜ……」

将悟はあお向けに寝たまま、やり場のないエネルギーに全身を震わせた。

ちょっとでも動いたら、たちまちエネルギーの固まりが爆発しそうだ。

「将悟お兄ちゃん、眠れないの……？」

すぐ隣にピッタリくっついて寝ていた心乃枝《このえ》が、むくりと体を起こした。

続いて雅《みやび》も起きて将悟の顔をのぞきこむ。

「将兄《しょうに》ぃ、すごい汗かいてるよ。暑いのかな」

「いや、暑いっていうか、スッポンとマムシがな」

「このままじゃ、将悟お兄ちゃん眠れないですね……。どうにかしないと……」

「そ、そうだよ。俺《おれ》、ちっとも眠れないよ。だから俺はキッチンで……」

「暑いなら、パジャマ脱いじゃえばいいですよね！」

将悟の言葉を無視して、心乃枝が叫んだ。

は？　と、将悟はあんぐり口を開ける。

心乃枝はベッドの端に座って、パジャマの前のボタンに手をかけた。パパッと手早くボタンを外すと、開いたパジャマの隙間から素肌が浮かび上がる。

「ななな、何してんだ心乃枝っ⁉」

「肌がすーすーして気持ちいいですよ。将悟さんも一緒にどうです？」

「そそ、そ、そうだよ！　みんなで脱いじゃおうよ！」

感化されたように雅が言い出した。

「あ、あたしもさ、ちょっと暑いな～って思ってたんだよね。だ、だからさ……」

雅は恥ずかしそうにうつむいて、両手をパジャマのすそにかけた。

それから、ほんの少しの間、ためらうような表情を見せて――

一気に、パジャマをまくり上げて脱ぎ去った。

「な、なっ……⁉」

薄明かりの中に、雅の裸の上半身が浮かび上がる。ベッドの上で膝立《ひざだ》ちになり、小さく震えながら、将悟に平らな胸をさらして見下ろしている。

――こっ、これが……雅の……体……。胸、ほんの少しはふくらんで……。

「あ、あ～、す、涼しいな～」

わざとらしく言うわりに、真っ赤《まっか》な顔の額に、びっしょり汗をかいている。

「ほら将兄《しょうに》ぃ……。これが、お、女の子……なんだよ……。ちゃんと、見てよね……」

将悟《しょうご》はあお向けに寝たまま、目をそらすこともできなかった。体内では、ムラムラしていたエネルギーがグツグツと沸騰していた。

「わ、わたしも暑いから全部脱いじゃおっと！」

負けじと心乃枝《このえ》が叫び、前の開いていたパジャマに手をかけ……そのまま一気に広げるように、脱ぎ去ってしまう。

「ほ、ほんと、こうすると、涼し～い」

雅《みやび》より大きめの、手のひらですっぽり包めそうな二つの胸。

——心乃枝の胸……や、柔らかそうだ……。

でもダメだ……。心乃枝にも雅にも、欲情なんかしちゃダメだ……。二人は、血のつながった妹かもしれないんだぞ……。

「ふっ……。ふ、二人とも、なかなか……か、かわいい体してるぜ。だけど、い、いかにも妹って感じで、お、女の色気はねぇな」

「そっ、そんな、将悟お兄ちゃんひどいですっ」

「くうっ……。将兄ぃ、まだそんなこと言って……」

色気がないと言われて、心乃枝と雅は悔しそうに歯ぎしりした。

「じ、じゃあ、わかったわよっ！」

激昂《げっこう》したようにベッドの上に立ち上がると、雅はズボンに両手をかけ……

一気に引きずり落とした。

ズボンだけじゃなく、パンツまでまとめて。

将悟は叫ぶことすらできず、さすがの心乃枝も絶句した。

「な……何……してんだ……」

将悟は一糸まとわぬ全裸の雅を見上げながら、声を振りしぼる。

「み、雅。そんなこと、ダメだ……。もっと、自分を大切にしなきゃ……」

「将兄ぃ……。ううん、将悟……。あたしはね、将悟に、まともな将悟になってほしいの。

男の人しか好きになれないんじゃなくて、ちゃんと、女の子を好きになってほしいの」

うぅ……と、将悟はつくづく悲しい気分になった。

だから俺《おれ》は、男好きなんかじゃないのに……。

「わたしも、がんばりますから。将悟さんが女の子の魅力に気づいてくれるまで……」

心乃枝は言って、おずおずと、遠慮がちな手つきでパジャマのズボンを脱ぎ……それか
ら、ゆっくりと白いパンツを下ろす。

「だっ、だから心乃枝までやめろって……っ」

心乃枝はすべてを脱ぎ捨てると、将悟の隣に横たわって、彼の体に抱きついた。

「将悟《しょうご》さん。あせらなくてもいいんです。これから毎晩、わたし、こうして将悟さんに女の子の魅力を伝えますから……」

ま、毎晩⁉　毎晩こんなのが続くのか⁉

「あたしも、昼も夜も毎日だって、将悟のためにしてあげるからね」

雅《みやび》も心乃枝《このえ》の反対側に横たわり、将悟に抱きついてきた。

将悟の両側に、女の子の体がピッタリ張りついて……身動き一つできない。

苦しげに目を見開いたまま、ぜーはーとあえぎながら天井を見つめた。

体に、心乃枝の胸が……。雅の足が……。

お、俺《おれ》は……こんなかわいい裸の女の子二人に挟まれて……。

でも、二人は、妹かも……血のつながった、妹かもしれないんだぞ……。

さ、触ることも許されないんだ。欲望にまみれた手で、触れてはいけないんだ！

い……生き地獄だ……。拷問だ……。これは妹地獄だ！　妹拷問だ‼

その晩、『妹』からの電話はなく、将悟はとうとう一睡もできなかった。

§

翌日の放課後。人もまばらな校舎内の廊下を、将悟は全速力でダッシュしていた。

顔は病人のように青ざめ、目元には大きなクマができている。にもかかわらず、今日も食べさせられたスッポンやマムシなどが、ますます全身を高揚させて行き場のないエネルギーを膨張させていた。

「将悟《しょうご》お兄ちゃ〜ん。待ってくださいよぉ！」

「逃げちゃダメだってば！　将兄《しょうに》ぃは矯正が必要なんだから！」

背後から、心乃枝《このえ》と雅《みやび》の声が追いかけてきた。

——だっ、誰《だれ》が待つかよっ！

将悟は階段を駆け上がり、一番手前の扉に飛びこんだ。

何かの特殊教室に入ってしまったようだが、確認してる余裕はない。すぐさま扉に向かい、開かないよう全身で押しつけながら、じっと息を殺して身をひそめる。

「今夜も泊まりにくるつもりかよ……。またあんなことされたら、本気で死んじまうぞ」

被害者・将悟。凶器・スッポン、マムシその他。死因・悶《もだ》えによる衰弱死。

犯人は……二人の妹。

将悟の頭にイヤ〜な言葉が次々と浮かび上がった。

「生徒会室に、何かご用ですの？」

背後の声にギクリとして、将悟は振り返った。

「しっ、しーっ!!　……って、国立《くにたち》さん？」

一年生で、生徒会副会長の国立凜香《りんか》が、腕を組みながら将悟をにらみつけている。

――たしか、実家は旧華族の血を引く家系で、筋金入りのお嬢さま。

「『廊下は走らず静かに歩くこと』――深流院《みりゅういん》学園の校則に違反しています！　帝野《みかどの》センパイはただでさえ目立つ立場なのです。他《ほか》の生徒の規範になっていただきませんと！」

あらためて見回すと、普通教室の三分の一ほどの部屋だ。中央には四角く長机が配置され、取り囲むように、ホワイトボードやら本棚やら食器棚やらが雑然と並んでいた。

部屋の一番奥には、『生徒会長』と書かれた札の立てられている席。天導愛菜《てんどうまな》が座って、何ごとかとワクワクした目で将悟のほうを見ていた。

今、生徒会室にいるのは、将悟と凜香、そして愛菜の三人である。

将悟は、救いを求める声で叫んだ。

「たっ、助けてくれ……！　このままじゃ、俺《おれ》……殺される！」

「殺されるって……誰にですの!?」

突然の言葉に、凜香は驚愕《きょうがく》の顔で将悟を見つめた。

「ったく……。事件かと思えば、女性に言い寄られてるだけではないですか」

将悟の話を聞いて、凜香は心底バカバカしそうにため息をついた。

長テーブルの椅子《いす》に座り、将悟は出された緑茶を一口飲んだ。

今もスッポンのエネルギーのせいか、油断すると凛香《りんか》の足や愛菜《まな》の胸に目が向きそうになる。緑茶を飲んで、どうにか心を落ち着かせている状態だ。

「そう言うけどさ、おかげで一睡もできなかったんだ……」

心乃枝《このえ》と雅《みやび》が、将悟《しょうご》を男性しか好きになれないと誤解し、矯正と称して色じかけで迫ってくる。……たしかに他人から見れば、バカバカしい話かもしれない。

将悟は、すべてを話せないもどかしさを感じた。彼がこれほどまで心乃枝や雅から逃げなければならないのは、彼女たちが血のつながった妹かもしれないからだ。

だが電話の『妹』のことを、凛香たちに話すことはできない。それには、父に隠し子がいることから説明しなければならないからだ。

「なぁにぃ～？　三角関係のもつれ～？　将悟くん、モッテモテ～」

愛菜がいかにも面白がってるような声を上げた。将悟の気も知らず、のんきに湯気の立つ緑茶を飲みながら、ポリポリ海苔《のり》せんべいを食べている。

「あっ、天導《てんどう》会長！　その海苔せんべいは来客用だって言ったではありませんか！」

凛香が怒って愛菜の前に立ち、彼女が持っていた海苔せんべいの袋を取り上げる。

「ひ～ん、凛香ちゃんのイジワル～っ。味見くらい、いいじゃな～いっ」

「ダメです！　『菓子類の持ちこみは禁止する』。深流院《みりゅういん》学園校則をお忘れですか⁉」

「持ちこんでないも～ん。生徒会費で買ったんだも～ん」

「なおさらいけませんっ！　──また勝手に封開けて、しけったらどうするのですか」

海苔せんべいが入ったビニール袋の口をクリップで止めながら、ぶつぶつ文句を言う。

袋を戸棚にしまうと、『天導会長は国立《くにたち》副会長の許可なしに開けないこと！』と赤で大きく書かれたメモ用紙をビタッと張りつけた。

「副会長に許可もらう生徒会長って……」

ちょっとあきれながら、将悟はつぶやく。愛菜が「ひ～ん」と泣きつく声を上げた。

「凜香ちゃん、勝手にお菓子食べるのも、友だちに宿題写させてもらうのも、生徒会室でガンガン音楽鳴らしてダンスの練習するのも、みんな許可がなきゃダメって言うのよ～っ」

「それ、許可があってもダメなんじゃ……」

「凜香ちゃん、愛菜のことキライなんだ～っ。イジワルしてるんだ～っ」

よよよよ……と顔に手を当て泣き出す天導会長。

凜香は一年生で、愛菜は将悟とは別クラスだが二年生だ。けど、これじゃどっちが年上がわからない。

戸棚から戻りながら、凜香は愛菜に向かって、ポイッとチョコレートの包みを投げた。

「わ～いっ！　凜香ちゃんありがと～っ!!　大好き～、チュッ」

愛菜は一口チョコを口に入れ、ほっぺが落ちそうな顔でニッコリする。

凜香は将悟の前で立ち止まり、机に手をついた。

「とにかく、生徒会では個人の恋愛問題をどうこう言うつもりはありません」

「もちろんわかってるよ。ただ、二人があきらめて帰るまで、かくまってくれるだけでいいんだ。生徒会の仕事、じゃましないからさ。なんだったら、俺《おれ》も手伝うよ」

「別に、今は手伝ってもらいたい仕事はありませんわ」

「いいじゃな〜い。かくまってあげようよ〜」

ふいに愛菜《まな》が言った。

「えぇ？　どうしてそこまでするんですの？」

「だって〜、面白そうなんだも〜ん」

もうどうでもいい、と言いたげに、凜香《りんか》は肩をすくめた。

「まぁ、今日は忙しくもないですし、生徒会室にいるくらい、かまいませんけど……」

「すまない。二人が帰ったら、俺もすぐ出ていくよ」

「……まったく、ダンスパーティーで女性をリードしていた帝野《みかどの》センパイは、どこへ行きましたのやら」

「え……？」

直後、何気なく放たれた凜香の言葉が、将悟《しょうご》の胸に突き刺さった。

「あのときはわたしも、帝野センパイは本当に頼れる人だって感じましたのに。これじゃ正直、少しガッカリですわよ」

「う……。い、今の俺、そんなに情けないかな……」

「わたしの知らない事情があるのかもしれませんが、女性にはもう少し、優しくしてもよろしくなくて？」

「それは、そうしたいけど……。——例えば、の話だけどさ。ある理由から絶対に好きになってはいけない女の子がいて、でも魅力的な彼女を好きにならずにはいられない。そんなことがあったら、どうしたらいいと思う？」

「鶴眞《つるま》センパイや神凪《かんなぎ》センパイを、好きになってはいけない理由があるのですか？」

「例えばの話だよ。一般的な話として」

「それは……難しい質問ですけど……」

凜香はあごに手を当てて、うーん……と考えはじめた。

そのまま生徒会室がしんと静まり返る。

「世の中には、『好き』とか『嫌い』以外の感情もあるんだよ～」

沈黙をやぶったのは、天導《てんどう》会長だった。

「なんでもハッキリしなきゃいけない理由なんて、ないの～。『好きでも嫌いでもない』こともあるし、『好きだけど嫌い』ってこともあるの～。世界はもやもやしてるのよ～」

「あいまいでいい、ってこと？」

将悟は虚をつかれた思いで聞きかえした。

「うん。だから、海苔《のり》せんべいを食べたの誰《だれ》かな～とか、凜香《りんか》ちゃんのジュース勝手に飲んだの誰かな～とか、そういうこともハッキリしなくていいの～」

「それはハッキリ天導《てんどう》会長ですっ！」

ペシッと、凜香が机に置かれていた書類で愛菜《まな》の頭を叩《たた》いた。

「ひ～ん、凜香ちゃんがいじめる～」

将悟《しょうご》は頭の中で、愛菜の言葉を繰りかえした。

あいまいなままでいい。ハッキリしなくていい。

――妹かもしれない。そうじゃないかもしれない。

そのとき、将悟はハッと気づいた。

どうして俺《おれ》は……こんなに答えを急ごうとしてたんだろう。

心乃枝《このえ》も雅《みやび》も、『妹』かもしれないし、違うかもしれない。そんなあいまいなまま、彼女たちと交流したっていいんじゃないか？

男女の関係だって、『好き』か『嫌い』かだけじゃないんだ。たしかに彼女が、血のつながった妹かもしれないなら、結婚はできない。――でも、それならそれで、仲よく友だちとして過ごせばいい。いや、そうするべきなんだ。

なのに俺は、そんな努力も放棄して、心乃枝や雅から逃げてたんじゃないか？

――女の子一人優しくしてやれない俺に、生涯愛しあえる女性なんて見つけられるわけないじゃないか。

「天導会長、国立《くにたち》さん」

将悟は立ち上がって、生徒会の二人の顔を見た。

「急に飛びこんだりして、ゴメン。やっぱり、かくまってくれる必要、なさそうだ」

「え～、せっかく面白くなりそうだったのにぃ～」

「天導会長は黙っててくださいっ。――帝野《みかどの》センパイ、どうしたんですか、急に？」

「うん。……なんていうか、俺、答えを急ぎすぎてた気がするんだ。天導会長の言葉で気づかされたよ。――ありがとう。国立さんもありがとうな」

「い、いえ礼を言われることなど……」

凛香は少しほおを赤く染めてうつむく。

「あ～、凛香ちゃんラブラブ～」

ペシッと書類で頭を叩かれる天導会長だった。

――そうだ。俺はもっとちゃんと、心乃枝や雅と向かいあわなきゃ。

逃げてばかりじゃ、彼女たちが『妹』かなんて、永遠にわからないじゃないか。

「じゃあ、失礼します」

二人にあいさつして、将悟は生徒会室を出ようとした。

そのときふと思いつき、扉を開けながら振り返って、念のために言い残した。

「あ……。でももし明日、本気で死にそうな顔してたら……救急車を頼むな……」

「け、健闘を祈りますわ……」

凛香《りんか》はちょっと恐ろしそうに、同情の目を向けた。

§

——さて、心乃枝《このえ》と雅《みやび》はまだいるのかな？

将悟《しょうご》は玄関に向かいながら、生徒もあまり残っていない校舎内を見回した。

会いたい気持ちが半分と、会えないほうがいい気持ちが半分。

まだいるのなら、彼女たちから逃げようとしていたことを謝りたい。

でも、いたらいたで、また家に押しかけられて一睡もさせてくれなさそうだし……。

そんな、愛おしさと恐ろしさが混ざった感情のまま、下駄箱の前まで来たとき。

「心乃枝……！」

立っている彼女の姿を見つけて、廊下の端で立ち止まった。

心乃枝の姿は半分下駄箱に隠れていて、背中しか見えない。

何をしてるんだろうと、将悟はゆっくりと近づいてみる。下駄箱の陰から現れた心乃枝は——誰《だれ》かを、抱き止めていた。

女の子の制服。心乃枝の胸に顔をうずめている、少し小柄な彼女は……

「雅……？　泣いているのか……？」

雅の肩が小刻みに震えていた。

目撃した瞬間、将悟は全身から力が抜けるようだった。

思わず廊下の柱に身を隠し、天井を見上げながらもたれかかった。

「そんな、俺《おれ》、雅を泣かせてしまったのか……？」

俺は雅を……傷つけたかったんじゃない。なのに『妹』かもしれないって警戒して、逃げたことで、こんな結果に……。

今日だけじゃない。ここ最近、ずっと彼女たちを避けるような態度を取っていた。

動揺して、鼓動が速くなる。胸に手を当て、必死で心を落ちつけさせた。

――そうだ、こんなことしてる場合じゃない。二人に、心乃枝と雅に、謝らないと。

深呼吸し、鼓動を落ちつけて再び下駄箱を見ると、もう二人の姿は見えなかった。

しまった。――でも、まだ近くにいるはずだ。

下駄箱まで走り、靴を履き替えると、校舎の外に出た。

そこにはグラウンドが広がっている。夕方の曇り空の下、陸上部の部員がランニングし、遠くからソフトボール部の打球音が響いていた。

立ち止まって見回し……すぐに、校門に向かってとぼとぼ歩く、一人の女子生徒の後ろ姿を見つけた。雅《みやび》だ。心乃枝《このえ》の姿はなく、一人で歩いている。

「おぉーい！　雅！」

「──将悟《しようご》!?」

振り向いた雅が、目を丸くする。将悟は彼女に向かって駆け出した。

「い、今帰りか？」

「……うん」

「じゃあさ、そこまで一緒に歩こうぜ」

二人は並んでグラウンドを歩いた。

雅の横顔を見ると、目元に涙をふいたあとが残っている。

「まさか、将悟のほうから声をかけてくるなんてね」

「お？　なんでだ？　今さら無視しあう仲でもないだろ」

もう一度彼女の涙がぶり返さないよう、なるべく明るい調子で言った。泣いていた理由を聞くなんて、野暮なだけだ。

「だって……将悟、怒ってない？」

「怒ってるって？」

「あたしと……鶴眞《つるま》さんのこと」

う～ん、と、将悟は腕を組んで考える顔になった。

「もちろん怒ってるぞ！　あぁ怒ってるとも！　昨日の朝、勝手に人の家に忍びこんで、寝顔を見られたことな！　たまたま普通の格好で寝てたからいいけど、もし恥ずかしい格好で寝てたらどうするんだ！」

「将悟、恥ずかしい格好で寝てるの……？　どんな？」

「く、口に言えないような格好だ！」

　雅はポカンと口を開け……それから、ぷっと噴き出した。

「何それ〜っ。いっぺん見せてよ、将悟がヘンな格好で寝てるとこ！」

「やだってば」

　雅はひとしきり笑ったのち「ゴメン」とつぶやいた。

「最初はさ、鶴眞さんと二人で『あたしたちが魅力的な女の子だって将悟にわからせてやろう！』って言ってたんだ。——だけど、なんだかだんだん張りあっちゃって」

「張りあうって、心乃枝と？」

「うん。なんか、ここで鶴眞さんに負けたら、将悟のこと取られちゃう気がして。それで歯止めがきかなくて……」

　だから雅は、あんな過激な行動に出たんだ。

「俺《おれ》も、逃げるようなことして、ゴメンな。俺さ、雅のことも心乃枝のことも、ちっとも嫌いじゃないんだ。大切なクラスメイトだよ」

雅《みやび》はうつむきながら、小さくうなずいた。

「——でも、やっぱり雅だって悪いんだぞ」

「わかって——」

謝ろうとする雅をさえぎって、将悟《しょうご》は言った。

「雅があんまりかわいい妹で……ドキドキして、どうしていいかわからなかったんだ」

「あ、あたしと……鶴眞《つるま》さん……どっちの妹がよかった……？」

「うーん、どっちも甲乙つけがたいくらいかわいい妹だったな～」

「ちぇっ、何よそれ。将悟のエロシスコン」

「なんとでも言え。そ、その、なんだ、二人の裸は……一生の眼福《がんぷく》だ」

ボッ、と雅の顔が真っ赤《まっか》になる。

「ああ、あれは忘れてっ！　今すぐ忘れてっ!!　でなきゃ頭ツブして目玉引っこ抜く！」

「ムチャ言うなってば！」

将悟はつかみかかる雅の肩を、必死で押しとどめた。

——でもよかった。雅、思ったより元気そうだ。

「ったく、今度あたしの裸見たときは、将悟の最期《さいご》だからね。覚悟しといてよ」

「み、見せられないように祈っておくよ。——ところで、心乃枝《このえ》は？　一緒にいるのかって思ってたけど……」

「クラス委員の仕事があるんだって。小都里《ことり》先生に頼まれたみたい」

だとしたら、じゃましちゃ悪いかもな……。しょうがない、心乃枝には、明日謝ろう。

二人は校門まで歩いて立ち止まった。

「雅はこれから、まっすぐ帰るのか？」

「今日はちょっと、商店街に寄ってく。水泳部の買い物するの」

「雅、水泳部なんだ。なんだったら、俺《おれ》、荷物持ちでもしようか？」

「あ〜っ、そんなこと言って、女子水着ジロジロ見るつもりでしょっ」

「そんなんじゃねぇよ」

と、そのとき将悟の携帯が鳴った。鞄《かばん》から取り出して見ると……『非通知着信』。

一瞬、将悟の体に緊張が走る。

——こんな時間に『妹』が……？

それから、ハッとして気づいた。

もしこの電話が『妹』からのものなら……雅は、『妹』ではない！

手に汗をにじませながら、将悟は携帯を開いて……

「もしもし」

しかし何も聞こえない。相手の微妙な息づかいだけがしばらく続き……

プツッと電話は切れ、ツーという回線音が流れた。

「将悟《しょうご》、誰《だれ》からなの？」

「わからない。非通知なんだ」

「ふ～ん。いたずら電話？　将悟、また誰かの恨み買ったんでしょ」

「またってなんだよ。またって」

雅《みやび》は思いついたように手を叩《たた》いた。

「そうだ、あたしに携帯番号教えてよ！」

「えっ？　おぅ、いいぞ。交換しようぜ」

雅が鞄《かばん》から携帯を取り出し、お互いのアドレス帳に電話番号を登録する。

「へへ～、これで毎朝、電話で叩き起こしてあげられるね」

「お手柔らかに頼むよ……」

「さ、買い物行くなら早く行かなきゃ！　雨降りそうだし」

雅は将悟をせかしながら再び歩き出した。

――今の電話、やはり『妹』からなんだろうか？

間違い電話かもしれないけど、そんなの、あまりかかってくるものじゃない。

それに雅は、携帯番号を教えてほしいって。

彼女が『妹』なら、知らないままのほうが疑われない、って考えるんじゃないか？

ということは……雅は『妹』ではないと考えて、いいのだろうか……？

将悟と雅は、一緒に商店街のスポーツ用品店にやって来た。二階建ての広い専門店だ。二階のサイクリング売り場の隣に、競泳水着売り場がある。

「まだ四月終わりなのに、水着用意するのか？」

将悟は並んだ女性用水着を眺めながら聞いた。

隣で雅が、水着をあれこれ物色している。

「『まだ』じゃなくて、『もう』四月終わりよ。学園のプールって、温水プールになるから、一年中泳げるの。あたし今年は、本格的に県大会目指そうかなって」

初めて出会ったときは、なんだか人嫌いな様子だった雅だけど……最近ちょっと変わってきた気がする。なんというか、少しずつ明るく積極的になりつつあるみたいだ。

これも、心乃枝《このえ》と張りあったおかげかもしれないな。

「すげぇな。大会に出たら、応援に行くぜ！」

「……言っとくけど、あたしの水着姿見て鼻血出さないでよね。恥ずかしいから」

「出さねぇよ！」

雅は両手に一着ずつ水着を持って、将悟のほうを向いた。

片方はスレンダーな紫のラインが入った競泳用水着。

そしてもう片方は……学生用スクール水着だった。

「ねぇ将悟《しょうご》。どっちの水着が好き？　競泳水着がいいかぁ、スクール水着がいいかぁ」

う……。なんて答えりゃいいんだ……。

スクール水着だなんて答えたら、雅《みやび》のことだ、女子の敵め！とか言い出しかねない。

「俺《おれ》はスポーツ派だからな。当然こっちの競泳水着に決まってるだろ」

雅がじとーっとした目で見つめる。

「……無理してるでしょ。将悟みたいなロリコンが競泳水着フェチなんて思えないわ」

「無理してねぇよ。なんで俺がロリコンなんだよ。競泳水着選んだらフェチかよ」

「ふーん。試着室があるから、試着して将悟に見せてあげようって思ったのにな～。ほんとにスクール水着じゃなくていいのかな～」

「な、何っ⁉」

――雅がスクール水着を試着⁉　それは……見てみたい……。

でも競泳水着ってのも新鮮で悪くなさそうだぞ……。

「なーんて、ウソウソ。誰《だれ》が見せるかってのよ。顔に出てるわよ、エロ将悟」

「……雅、大人になったら男を手玉に取る悪い女になるぞ」

「じゃ将悟をお手玉みたいに取って投げてあげる。こう、ほいほーいってね。――ほら、この競泳水着買うんだから、レジまで運んでよ。荷物持ちさん」

ポイッと競泳水着を渡される。

競泳水着のタグを見て、将悟は気づいた。

「……ん？　この水着ってさ、共明日《きようあす》カンパニーの製品だよな」

「ＫＹＯＡＳＵブランドの水着って、最大限のタイムが引き出せるって評判なんだよ」

共明日カンパニー。ここ数年で一気に急成長を遂げた総合企業である。会社の規模は帝《みか》野《ど》《の》グループの数分の一だ。しかし業種は多岐にわたり、その成長ぶりから経済界では、近い将来、帝野グループの脅威となる存在だと予測されている。

――もし俺が社長になったら、戦わなきゃいけない相手なんだよな。

もちろん戦いといっても、よりよい商品やサービスを世に提供する戦いである。

だから今、雅がＫＹＯＡＳＵブランド水着を買うのなら……

――俺が社長になったら、雅のタイムをもっともっと速くできるような競泳水着を開発して、売り出してやるぜ！

将悟は次期社長候補の顔になって、心の中でひそかに闘志を燃やす。

そんな彼を……

「将悟……本当に競泳水着フェチのヘンタイだったの……？」

ちょっと気持ち悪そーな目で見つめる雅だった。

三十分ほどあと。水着を買い終えた将悟と雅は、夕立のどしゃ降りの中を走っていた。

悪いことに、商店街を出て住宅地の中を歩いて帰る途中で、雨宿りする場所もない。制服のシャツもズボンもすっかり水浸しだ。

「ちくしょうっ、降りそうだとは思ってたけど、こんな早く降るとはな！」

「あ～ん、びしょびしょになるなら、水着着て帰ればよかった！」

「……いやそれはムチャだろ」

と、細い道の向こうから、高速で走るスポーツカーが迫ってきた。

「雅《みやび》！　危ない！」

将悟《しょうご》は雅の体を抱えるようにして、道の端に避けさせる。

スポーツカーは速度も落とさずにすぐ横を走り抜けた。ズバアアアァァッ!!と、派手に水しぶきが上がり、将悟の頭からバケツをひっくり返したような雨水をかぶせる。

「こらっ、もっと安全運転しろーっ!!」

「将悟！　大丈夫!?」

「あぁ、大丈夫だけど……全身ずぶ濡《ぬ》れだぜ……」

雅は将悟の手首をつかんで走り出した。

「こっち、こっち、早く！」

「どこ行くんだよ!?」

「もうちょっとで、あたしの寮につくから！」

そうして、将悟は雅の住む学園の寮にやって来た。

建物自体は六階建ての民間マンションだ。高級住宅街にマッチした煉瓦《れんが》造りのオシャレな外観で、パッと見はとても学生寮に見えない。

「いいのか？　ここ女子寮だろ……？」

「あたしをかばってずぶ濡れなのに、このまま帰すわけにいかないでしょ」

雅について、マンションの中に入った。ガラス扉のロビーを抜け、エレベーターで上がる。三階で下りて、扉の並ぶ廊下を歩いて五つ目。三〇五号室が、雅の部屋だ。

「入って。将悟を連れこんだなんて誤解されたらイヤだから、誰《だれ》もいないうちに」

「連れこんだ、って……。まぁとにかく、おじゃまします」

雅が玄関の明かりをつけると、壁のランプが黄色い柔らかな光を放った。

小さい廊下の両側に浴室やトイレ、キッチンがあり、奥に六畳ほどの部屋が一つある。その向こうはベランダで、ザァザァとどしゃ降りの雨空が見えた。

「へぇ……。けっこう立派な部屋なんだな。俺《おれ》のアパートとは大違いだ……」

将悟は感心しながら、靴を脱いで上がろうとする。

「ああっ、そんな濡れた足で上がらない！　ソックス脱いで、タオルで足をふいて！」

将悟は言われたとおり、投げられたタオルで裸足の足をふいた。

雅は奥の部屋に入って、カラーボックスの引き出しからバスタオルを取り出す。

「将悟《しょうご》、早くシャワー浴びちゃってよ」

「ええっ、い、いいよ、そんなことまで……。ここで乾かすからさ」

「服なら乾燥機で乾かせるから。濡《ぬ》れたまま立ってられたら、部屋もカビちゃうし」

「う……。じゃあ、悪いけどシャワー借りるよ……」

「右に入ったとこがお風呂場《ふろば》。服は、洗濯機が乾燥機になるから放《ほう》りこんどいて」

言われるまま、将悟は渡されたバスタオルを持って、風呂場の脱衣所に入った。

脱衣所はガラス扉だ。曇りガラスだけど、透けて見えそうで気になる。

「おーい、雅《みやび》！　のぞくなよ！」

「バカッ！　ヘンシツシャ！　死ね！」

いつもの雅の罵倒《ばとう》にホッとしながら、将悟は制服のシャツを脱ぎはじめた。

濡れて肌に張りついて、脱ぎにくい。引っぺがすように脱ぐと、言われたとおり洗濯機のふたを開け、中に放りこもうとする。

「って、おい……」

洗濯機の中に、雅の白いパンツとブラが入ったままだった。

——雅のズボラめ。ていうかお前、ブラする必要……

二人きりの部屋でこれ以上考えるのはいろいろ危険な気がして、そっとふたをしめる。

しょうがないので、近くにあったビニールハンガーを借りて、脱いだ服をかけた。

「女の子の部屋の風呂《ふろ》に入るのなんて、初めてだな……」

風呂場に入ると、浴室の床もタイルも、きれいに掃除されている。

将悟《しょうご》はシャワーの栓をひねろうと手を伸ばして……ふいに、手を止めた。

「なん……だ……？」

シャワーの栓の後ろに、小さな棚がある。棚には、水色のリンスの容器に並んで、奇妙なものがあった。

人形……。おもちゃの、カニのような姿をした怪人の人形。

よく見るとそれは、シャンプーの容器だ。古いのか、塗装があちこちはげていた。

「この怪人知ってるぞ。たしか……四殻人《よんかくじん》の一人、ガニゼウス……」

将悟の頭の中で、怪人ガニゼウスが息を吹き返したように暴れ出す。

それは、古い古い、記憶の片隅にあるテレビ番組の映像。

泡を噴くカニ怪人と戦うのは……正義の改造戦士……グランベリオン。

目の前のシャンプーの容器は、『改造戦士グランベリオン』のグッズに間違いない。

「なんで……なんでこんなものが……ここに……」

不意打ちされ、後頭部を殴られたような衝撃だった。

男の子向けの、古いマイナーなテレビ番組。

グランベリオンを好きな女の子も、いたかもしれない。

でもそんなに多くないはずだ。

今もグランベリオングッズを愛用する女の子は、いるだろうか？

日本中で、グッズを探すことさえ難しいだろう。

少なくともハッキリしてるのは、ここに、そんな数少ない女の子が一人いること。

そして将悟に、バースデーケーキとともにグランベリオンのおもちゃをプレゼントした女の子が、一人いること。

一人と一人？　いや、そうじゃない。

きっとそれは、どちらも同じ、一人……。

「じゃあ……『妹』の正体は……みや……び……」

校門でかかってきた電話は、まったくの無関係だったのか……。

将悟は息を押し殺し、再び脱衣所に出た。ハンガーにかけた下着と制服に手を伸ばし、大急ぎで着直す。くそ、なんで肌に張りつくんだ……。

ズボンをはき、シャツのボタンをとめようとしたとき……後ろで、足音がした。

振り返ると、曇りガラスの向こうに、人影が立っていた。

キィ……と音を立ててガラス扉が開く。

「将悟……。もう上がっちゃうの？　まだ、濡《ぬ》れたままじゃない」

雅《みやび》は近づきながら、制服のスカートのホックを外す。

スカートがふわりと落ちて、白く細い足があらわになる。

「み……雅《みやび》……。何……やってんだ……」

続いて制服のボタンが一つ、二つと外して……はらりと脱ぎ捨てる。

制服の下から、紺色のスクール水着が現れた。

水着に包まれた、細くて、抱きしめたら折れてしまいそうな体。ちょっと荒い息に、平らな胸が上下している。

「ほら、将悟《しょうご》の好きなスクール水着だよ……。もっと近くで見たい……？」

「そんなこと、してちゃダメだ。雅、お前は俺《おれ》の……」

「一緒にシャワー浴びようよ。冷えた体、あったためてあげる」

雅は一歩、また一歩と歩み寄ってきた。

「あたし、将悟と一緒にいたい……。待ってたんだから……」

そんな、どこか悲しそうな雅の声に……将悟は、消えかけていた我を取り戻した。

——何をしてるんだ、俺は……。

雅が俺の妹なら、今こそ、愛情を持って受け止めてやるべきじゃないか。

でもまだ、確証が足りない。雅が本当に、単にグランベリオンが好きな女の子だって可能性も、絶対にありえないことじゃない。

「雅、一つ……聞いてもいいか？」

将悟は、思いきってその質問をすることに決めた。もし、雅が本当にただの、出会って十日程度でしかないクラスメイトなら――彼女は質問の意味がわからず、ポカンとするか、冗談だと思って笑い出すだろう。

だけど、そうでないのなら、答えは……。

「雅。――お前は、誰《だれ》と結婚したい？」

二人の間に沈黙が流れた。

長い長い時間にも感じられたのち、雅は力なくほほ笑み……

「決まってるじゃない……。将悟……だよ……。ずっと、将悟だったよ……」

その瞬間、将悟はすべてを理解した。

『妹』は……俺の血のつながった妹は……雅、神凪《かんなぎ》雅だったんだ……。

将悟は黙って彼女を抱きしめた。

「………‼」

雅が息を呑《の》む、まるで心臓の止まるような音がした。

「雅……。その気持ち、うれしいよ」

「っ！　じゃ、じゃあ将悟、今も……」

「だけど、できないんだ。わかってほしい」

「え……できない……って……？」

「俺《おれ》は、お前と結婚できない……」

「……どうして……？　どうしてそんなこと……」

「俺たち、家族じゃないか。兄妹じゃないか。それ以上の関係なんて、何も必要ない」

雅《みやび》は将悟《しょうご》を見つめ返し……その目に、たちまちあふれるような涙が浮かび上がる。

「何よ……、何よ……それ……」

声が震えていた。

「わかってない……。将悟、なんにもわかってくれない……」

「――そうかもしれない。すまないと思ってる。俺はお前の気持ち、少しもわかってないかもしれない……。けど約束する！　これからは兄妹一緒に、家族として暮らそう！」

「うるさいっ!!　出てって！　将悟なんか、出てってよ!!」

雅は泣き叫び、手元にあったバスタオルをつかんで投げつける。

「ま、待て、落ちつけ雅っ!!」

将悟は彼女の怒りに気圧《けお》されるように横をすり抜け、廊下に走った。

「出てけーっ!!」

将悟はたまらず、手のつけられない雅を置いて玄関の外に出た。

雅は追いかけてこない。ガチャッと鍵《かぎ》をかける音が響く。

――やはり、急に言われたらショックかもな……。

今は静かに、雅の気持ちが落ちつくのを待つしかないのだろうか。

「雅……。また明日、学校でな。待ってるぞ。そうだ、今度一緒に昼メシ食べようぜ」

玄関の扉越しに声をかける。返事はない。

しばらく待って、将悟はその場を立ち去った。

寮の外に出ると、夕立は上がっていた。

夕焼け空に、きれいな虹《にじ》がかかっていた。

§

朝、将悟が教室に入ると、雅はすでに登校していた。机にほおづえをついて、ぼんやりした様子で窓の外を見つめている。

「よ、雅。おはよ」

雅は気づいて振り返り、恥ずかしそうにうつむいた。

見ると、目が真《ま》っ赤《か》だ。あれから、一人で泣き腫《は》らしたんだろうな。

「あ、あの……将悟、怒鳴《どな》ったり追い出したりして、ゴメン」

泣いて、気分が落ちついたのだろう。雅は素直に謝った。

「俺も、突然お前の秘密を暴いたりして、悪かった」

「将悟《しょうご》が、あたしと結婚できない、なんて言い出すから……、つい怒っちゃったんだ。あたし昔っから、兄貴と結婚するの、ひそかな夢だったのに」

「は、ははは……。大変な夢を持ったんだな。そうか、子供のころからの夢か。――だからって裸で抱きつくのはやりすぎだろ？　いくら心乃枝《このえ》と張りあってたからって」

「兄貴がヘンタイだなんて、イヤだもん。言っとくけど！　あたしだって、本当の兄妹で結婚できないってことくらい知ってるからね！　子供だって思わないでよ！」

――ん？　でも、電話での『妹』は、あんなに俺《おれ》と結婚するって……。

一瞬、将悟は違和感を覚えた。

目の前の雅《みやび》と、電話の『妹』が、うまく結びつかないような……？

「将悟？　どうしたの？」

とまどいの表情を浮かべた将悟を、雅が不安そうに見上げる。

「あ、悪い。なんでもないよ。――俺のこと、兄と認めてくれるのか？」

「うん。その……これからは、将兄《しょうに》ぃって、呼べばいいんだよね」

「ほ、ほんとに……ほんとに、俺の……妹、なんだよな……」

「決まってるでしょ……。今まで、黙っててゴメンね……」

ちょっと鼻をすすり上げ、雅は言った。

「あたしは将悟の……将兄ぃの妹だよ……」

その言葉を聞いた瞬間、将悟は全身が打ち震えるような感動を味わった。

ついに、見つけたんだ！　俺と血のつながった妹を！

「う、うれしいよ、雅……。あ、だけど、これは二人だけの秘密な。学校では、今までどおりに接してくれ。妹のことは……まだ、人に知られないほうがいいんだ」

「二人だけの秘密……」

「そうだ。今度ゆっくり、二人で話そうな」

雅はうなずき、ニーッととろけそうな笑顔を浮かべた。

電話での『妹』のことなど、聞いてみたいことはたくさんある。だけど、今は雅と、新しい兄妹としての信頼関係を築くことのほうが大切だ。

「やぁ将悟くん。やはりキミと離れればなれは寂しいな」

声に振り向くと、キザに鞄《かばん》を小脇《こわき》に抱えながら、衣楠《いくす》が教室に入ってきたところだ。

──そうだ。雅のこと、衣楠にも報告しないとな。

「衣楠。あのこと、だけどさ……。無事、解決したよ」

席に座ろうとしていた衣楠はピクリと止まり、目を見開いて将悟を見た。

「本当かい、将悟くん!?　いったい、誰《だれ》が──」

「む～、将悟、また水谷《みずたに》くんと話してる～」

雅が横に立って、不満そうに見ていた。あわてて彼女に向きなおって手を握る。

「いやこれは、ちょっとした用事だよ。俺《おれ》が今一番大切なのは、雅《みやび》だから！」

「あたしも、将兄《しょうに》ぃが一番大事だよ……」

——まぁ、衣楠《いくす》もこのやりとりで、妹が誰《だれ》だったのか、気づいてくれるだろう。

そのとき将悟《しょうご》は、背中に視線を感じて振り返った。

教室の扉の前に立って、心乃枝《このえ》がじっとこちらを見つめている。

——そうだ、心乃枝にも、今まで逃げていたこと謝らなきゃ。

「よっ、心乃枝、おはよ……」

話しかけると、心乃枝は目をそらして駆け出し、廊下の先へ姿を消してしまう。

まるで将悟を避けるように。一瞬、ひどく悲しそうな顔を浮かべて。

「心乃枝！」

将悟はあわてて追いかけようとした。

と、その腕が引っぱられる。

振り返ると、雅が両手でつかんでいた。まるで、今にも将悟に逃げられるんじゃないかと、不安でたまらない顔だった。

心乃枝も心配だけど……雅も放《ほう》り出せない。

「大丈夫だよ、雅。俺はどこにも行かないから」

将悟は雅に向かいあって、孤独に怯《おび》えているような彼女の頭を、優しくなでた。

その日の授業中、心乃枝は教室に姿を見せなかった。小都里《ことり》先生によれば、体調を崩したと言って早退したらしい。

そして放課後。将悟が鞄《かばん》に教科書をしまっていると、教室に生徒会長の愛菜《まな》が飛びこんできた。すぐあとには、小都里先生と凜香《りんか》も続き、三人ともひどく青ざめた顔で、息せき切らせながら将悟のもとへ駆けてくる。

「どうしたんですか？　小都里先生に……天導《てんどう》会長と国立《くにたち》さんまで」

愛菜は将悟に詰め寄って、いつものおっとりさもなく叫んだ。

「将悟くん！　心乃枝ちゃん、何があったの!?」

「今日は早退って聞いたけど……天導会長のほうこそ、何があったんだ？」

「あのね、さっき小都里先生の机に、こんなのが置いてあったの」

叫んで、愛菜は将悟の前に、一通の白い封筒を突き出した。

そこには几帳面《きちようめん》でていねいな字で、こう書かれていた。

『退学届　二年Aクラス　鶴眞《つるま》心乃枝』

5章　妹のヒーローはお兄さま!

生徒会室は重い沈黙に包まれていた。

普段はおっとりニコニコ顔である生徒会長の愛菜《まな》も、今は不安そうに押し黙っている。

副会長の凜香《りんか》は、室内を行ったり来たり、落ちつかなさそうに歩いていた。

小都里《ことり》先生は長机のパイプ椅子《いす》に座って、「う～」と唸《うな》りながら頭を抱えている。

「心乃枝《このえ》……どうして……」

テーブルに置かれた退学届を見つめながら、将悟《しょうご》はつぶやいた。

「授業が終わってから、小都里先生と一緒に、わたしと天導《てんどう》会長も生徒会の用事で職員室に行ったんですの。そしたら、先生の机に退学届が……」

凜香の説明に、愛菜もうんうんとうなずく。

「携帯にかけても、心乃枝ちゃん出てくれないし……、将悟くん、心乃枝ちゃんと何かあったみたいだから、何か事情を知ってるかなって思って……」

「それで、俺《おれ》のところに来たんだね……」

「うーっ、悩みごとならせんせーに相談してくれればよかったのに……」

「これは俺のせいです。俺が心乃枝を傷つけて……謝りもできずにいたから……」

将悟は机に手をついてうなだれた。雅《みやび》が妹だと判明したことに気を取られ、心乃枝をフォローしてやれなかった。きっとその間に、彼女は思いつめて……。

「小都里先生。退学届って、もう受理されてしまったんですか？」

「んなわけないだろっ。せんせーだって、ついさっき見つけたばかりだ」

「ってことは、心乃枝、今日の最後の授業中に置いたってことですよね」

将悟は壁の時計を見た。六時限目の授業が終わってから、三十分ほどしかたってない。

「心乃枝を捜しましょう！　まだ学校内か、近い場所にいるはず！」

「帝野《みかどの》センパイの言うとおりです。生徒会室で頭を抱えていても、どうにもなりません」

凛香が賛同し、愛菜と小都里先生もうなずいた。

生徒会室の扉が開いて、雅と衣楠《いくす》が入ってくる。

「将悟……。鶴眞《つるま》さん、学校やめちゃうってほんと？」

扉の外で聞いていたらしい。将悟に心配そうな目を向けた。

「いや……やめないさ。こんな形では、やめさせないよ」

それから将悟は、小都里先生に頭を下げた。

「小都里先生……。もし、心乃枝を説得できなかったら……俺を退学処分にしてください。

俺《おれ》がいなければ、心乃枝《このえ》も、学園に戻りやすくなるはず」

小都里《ことり》先生はしばらく将悟《しょうご》を見つめて……彼の頭をコツンと小突いた。

「生意気言ってんなよ。女のコ泣かせたならな、次にすることは、笑わせることだぜ」

それから、一同は急いで校舎の玄関に移動した。

まだ校内に残っている生徒も多い。輪になる六人を、何ごとかと見ながら通りすぎる。

すると、魔女っ娘のコスプレをしている女の子《こ》——芽依《めい》が気づいて駆け寄ってきた。

「おっ、帝野《みかどの》か！　わたしの店にはまだ来てくれないのか⁉」

「嵯峨良《さがら》センパイ……。今ちょっと、緊急事態なので……」

「緊急事態？　ふむ。帝野が忙しくて店に来れないのでは、わたしも困るな」

「いや、そういう理由で行けないわけじゃ……」

「遠慮するな。必要なら、わたしも手を貸すぞ」

心乃枝を捜すのに人手は多いほうがいい。将悟は芽依に、事情を簡潔に説明した。

「鶴眞《つるま》心乃枝という女子を捜すのだな。よし、手伝ってやる」

芽依が加わり、七人はそれぞれ役割分担を話しあった。

「せんせーは女子寮に行ってみるよ」

「愛菜《まな》は、学園の中を捜して、みんなにも聞いてみます〜」

「ではわたしは、住宅街を見回ります」

小都里先生、愛菜、凜香《りんか》がそれぞれ担当を決める。

「あたしは商店街を見てくる！　いろいろ詳しいし」

「頼む。俺は駅のほうを捜してみるよ」

「わたしは『りりかる☆しすたぁず』の店の周辺を調べよう」

「では、ボクは残った地域を捜索しようではないか」

雅《みやび》と将悟、芽依と衣楠《いくす》も続いた。

「じゃあみんな、何かあったらせんせーに連絡するんだぞ！」

小都里先生のかけ声とともに、それぞれ、心乃枝を捜して散り散りに走っていく。

将悟は外へ駆け出す衣楠の背に声をかけた。

「衣楠、ちょっといいかな？　心乃枝を捜し出せそうな当てってあるか？」

「正直、特には。ボクには、この地域や彼女についてのデータが不足しているからね」

「だったらさ、一つ、頼まれてくれないかな。調べ物をしてほしいんだ」

「調べ物？　かまわないが……何を調べるんだい？」

「携帯電話についてなんだ」

将悟は心乃枝を捜して、駅に向かう道を走っていた。

「心乃枝……。遠くに行かないでくれよ……」

不安にかられながら、もう夕刻になった街中を見回す。

ふと、一件の店に気づいて立ち止まった。

『マリー・ショコラ』というケーキの店。

店の入り口で将悟《しょうご》と心乃枝《このえ》はバッタリ出くわし、驚いた心乃枝が尻《しり》もちをついてしまった。鞄《かばん》の荷物が散らばり、ケーキの箱が投げ出された。それが二人の出会いだった。

もしやと思って、将悟はショーウィンドゥから店内を見てみた。

けれど、心乃枝らしき人影は見当たらない。

「心乃枝、どこに行ったんだ……」

将悟がつぶやいたとき、突然、携帯が鳴った。

心乃枝が見つかったのか⁉ そう思って急いで出ようとすると……

液晶に『非通知着信』の表示。

おそるおそる電話に出ると、聞き覚えのある、あの声が響いてきた。

『お兄さま……』

機械的に加工された、『妹』の声。将悟の手に汗がにじむ。

「ずいぶん久しぶり……な気がするな」

『そうでしょうか……。わたくしは、お兄さまといつも一緒でしたから……』

そう話す『妹』の声は、とても悲しそうだった。別れのあいさつでもするかのようだ。

「どうしたんだよ。お前らしくないぞ。いつもみたいに、もっと俺《おれ》を困惑させてくれよ。なんかさ、お前にいじめられるの、クセになりそうでさ」

『お兄さま、誕生日にわたくしがお送りした写真……覚えてますよね』

「お前と遊園地で撮った写真だよな？　俺、そのときの記憶はないけど……」

『ですから、今日はあの日の思い出をお話ししたかったのです』

ふふ、と少し照れくさそうに『妹』は笑い、遠い昔のことを話しはじめた。

『熊五郎《くまごろう》お父さまに連れられて、お兄さまと遊びに行ったあの日、わたくしは幸せでした。とても楽しくて、この時間が永遠に続けばいいのにって思いました。でも、わたくしとお兄さまは、遠く離れた場所に住んでいたのです。お兄さまが帰ってしまったら、次に会えるのはいつかしら。もう二度と会えないかもって、不安でたまらなくて……。

遊園地からの帰り、わたくしはそんな不安をお兄さまに言いました。するとお兄さまは「じゃあ二人で逃げようぜ」って言ってくださったんです。お兄さまはたぶん、冗談のつもりだったのでしょう。でもわたくしは、その言葉に胸がときめきました。そんなに甘くて美しい言葉は、今までに聞いたことがありません。お兄さまと二人だけでどこか遠くへ、誰《だれ》にも引き離されない場所へ行けたら、どんなにいいだろうと思いました。それで「お願い、連れてって」と答えたのです。

お兄さまは「いいよ」って言って、わたくしの手を引いて走り出しました。熊五郎お父さまが気づいて、「どうしたんだ⁉」と追いかけてきました。お兄さまは笑って逃げていましたが、わたくしはすっかり本気で……前を見ると、道路の信号が点滅して、赤に変わる直前でした。「向こうに行けばお父さまから逃げられる！」と思ったわたくしは、全速力で道路をわたったのです。ですが、お兄さまは「危ないよ！」って叫んで、道路の手前で立ち止まりました。「お兄さま、早く！」って、わたくしとお兄さまは道路を挟んで離れてしまいました。信号が赤に変わって、わたくしは叫びました。そして――わたくしは、お兄さまをこっちに連れてこようと、道路のまん中に飛び出ていました』

そこで一度、『妹』は黙り……心の底から振りしぼるように話した。

『横から、車が走って来ました。急ブレーキの音が聞こえたような気がしましたが、よく覚えていません。気がついたとき、わたくしは道路の端で尻《しり》もちをついて……目の前には、止まった車と、わたくしの代わりにアスファルトに倒れているお兄さま……』

聞きながら将悟《しょうご》は、無意識のうちに額にある傷跡に触れていた。

――じゃあ、この傷はそのときの……。

『お兄さまは病院に運ばれ、一命は取りとめましたが、後遺症が出てしまったのです』

「後遺症？」

『後日、わたくしは一度だけお兄さまのお見舞いに行くことができました。お兄さまは元気な笑顔を見せてくださいましたが……わたくしの名前も顔も、忘れていたのです。熊五《くまご》郎《ろう》お父さまは言いました。お兄さまはもう、わたくしのことを思い出せない体になってしまったんだよ、ゴメンな……って』

話し終わると、『妹』は悲しそうにため息をついた。

「それで俺《おれ》、お前のことも、額の傷の理由も覚えてなかったのか……」

両親が今まで後遺症のことを話さなかったのは、彼を不安がらせたり、傷つけたりしないように、という配慮だろう。もちろん今は傷跡以外、後遺症は完治しているのだが。

『あの事故の直後、お兄さまは駆け寄ったわたくしに、なんて言ったと思います？』

「俺、そんな状態で何か言ったのか？」

『お兄さまはわたくしを見つめて、「俺、グランベリオンみたいにお前を守れるかな」って……。その言葉が、お兄さまがわたくしに残した、最後の言葉です……』

「グランベリオン……。もしかして俺、ヒーローになったつもりだったのかな」

『つもり、じゃありません。お兄さまは間違いなく……わたくしのヒーローです。ずっと、永遠に消えることのない、誰《だれ》にも代わることのできない、ヒーローなんです』

言って『妹』は、ぐすっと鼻をすすり上げる。

『――さようなら、お兄さま』

言い残し、電話は切れた。

ツー……と、回線音が流れ出す電話を、将悟はしばらく見つめていた。

――今の電話の声は、雅《みやび》なのか?

いや、そうじゃない。声の主は、きっと……

将悟《しょうご》の妹に、なろうとしていた少女……。

「さようなら……なんて、寂しいこと言うなよ」

それから、また携帯電話が鳴る。

「もしもし……おう、衣楠《いくす》か!」

『将悟くん、キミに頼まれていた調べ物、わかったよ。言われた携帯電話だが……』

§

『妹』の電話から十数分後。将悟は走って、ある場所にやってきた。

駅から学園までの道のりから少し外れた場所にある、静かで広い公園。

芝生《しばふ》の片隅にあるベンチで、彼女は孤独そうにうつむいて座っていた。長い髪が垂れ、夕方の風に揺れていた。両手で、青い流線形の携帯電話を握りしめていた。

「心乃枝《このえ》! 間にあってよかった……」

彼女の前に駆けながら叫ぶと、心乃枝は驚いた顔で見上げる。

「どうして、わたしがここにいるってわかったんですか?」

将悟は、芝生のまん中にある時計塔を見上げた。時刻は四時十分過ぎだ。

「電話の向こうから、かすかに鳩《はと》時計のメロディが聞こえたんだ。ほら、前に一緒にシュークリーム食べたときも鳴ってただろ。それで気づいたんだよ」

「でも、その電話で話したのが、わたしとは限らないじゃないですか。他《ほか》の人が、この公園から電話してたかもしれないじゃないですか」

将悟は心乃枝の隣に腰を下ろし、彼女の横顔を見つめた。

「俺《おれ》、『妹』がどうやって声を作ってるのか疑問に思ったんだ。ボイスチェンジャーだろうけど、普通の市販品よりよほど高性能なんだ。もとの声の主が、まったく判別できないくらいのな。しかも『妹』は風呂《ふろ》からもかけてきたから、大きな機械でもないはずだ。

ここに来る直前、ある人に調べ物をしてもらった。——心乃枝、覚えてるか？　初めて出会ったとき、ケーキ屋でぶつかって携帯電話を落としただろ。そのとき俺『見たことない機種だな』って興味を持ったんだ。ほら帝野《みかどの》グループって携帯電話も発売してるからさ。たまたま、書かれてた型番を覚えてて、その機種について調べてもらったんだ」

心乃枝はうつむいたまま、じっと将悟の話に耳を傾けていた。

「その電話は一年ほど前、共明日《きょうあす》カンパニーの新型携帯として発売される予定だった。試作機まで作られたにもかかわらず、発売中止となった。理由は、目玉機能の高性能ボイスチェンジャーだ。ある、ベンチャー企業の技術を買って作られたんだそうだ。プリセットを使い、芸能人やアニメのキャラになりきって遊べる機能。ところが、発表直後に批判が起きた。相手が誰《だれ》かも判別できないくらい声を変質させるため、犯罪に使われる可能性があると指摘されたんだな」

一度言葉を切り、将悟《しょうご》は心乃枝《このえ》の握る携帯に目を落とした。

「その携帯電話を企画したのは、共明日《きょうあす》カンパニーの重役……鶴眞誠二《つるませいじ》氏」

将悟の言いたいことを悟ったように、心乃枝はこくりと小さくうなずいた。

「はい……。わたしの……パパです……」

「俺《おれ》、雅《みやび》があの電話の『妹』だということが、どうも腑《ふ》に落ちなかったんだ。あいつ、わざわざ俺と携帯番号を交換したがってたし。それで『妹』が正体を隠す本当の理由として、ある仮定を思いついたんだ。――『妹』は、本物の妹とは別人ではないかって可能性を、な」

心乃枝はしばらく黙ったのち、持っていた携帯を開いた。

彼女が電話をかけると、将悟の携帯が鳴る。液晶には『非通知着信』。

出ると、心乃枝と電話、双方から同時に声が聞こえた。

「ごめんなさい……。そうなんです……。わたくしがお兄さまの『妹』なんです……」

将悟を見つめる心乃枝の目から、ポロポロと涙がこぼれ出た。

涙の乾いた心乃枝は、ベンチに座ったまま空を見上げ、ぽつぽつと話しはじめた。

「わたしのパパと、将悟さんのパパ――熊五郎《くまごろう》さんは、古い友人だったんです。熊五郎さんも社長になる前で、共明日カンパニーもまだ小さな会社で、熊五郎さんはよく、パパのところに遊びに来ました。そんなある日、自慢の息子だって言って、将悟さんを連れて来たんです。それがわたしたちの、本当の最初の出会いです。

　ある日、用事のあったパパに代わって、熊五郎さんがわたしと将悟さんを遊園地に連れていってくれました。――でも、あんな事故が起きてしまって、パパと熊五郎さんはあまり会わなくなりました。わたしも、将悟さんと会えなくなってしまいました。それ以来ずっと会いたいって思っていて、実際、何度も会いに行こうと計画しました。けれどいざ実行しようとすると、なんだか恥ずかしくて……。熊五郎さんの葬儀のときも、将悟さんに会うことはできませんでした。

　ところが最近になって、将悟さんが同じクラスに編入するって聞いたときは、本当に驚きました。でも、再会しても将悟さんは、わたしのことを忘れてるはず。

　ですが、編入日が将悟さんの誕生日と同じだって知ったとき、あるいたずらを思いつきました。突然、謎《なぞ》のバースデーケーキを送ろうって。プレゼントは何がいいかなって考えて、わたしが思い出に持っていた写真と、グランベリオンのおもちゃにしようって。それを見たら、将悟さん、ビックリして昔のことを思い出すかもって期待したんです。

　将悟さんが引っ越してくる住所を調べるため、クラス委員の仕事をしながらこっそり、小都里《ことり》先生の持っていた将悟《しょうご》さんの編入書類を盗み見しました。電話番号も知りました。もちろん、いけないことってわかってたんですが……。

そんな準備をしながら、編入日になりました。再会した将悟さんは、想像以上にかっこよくなっていて、ドキドキするのが抑えられなかったです。わたし、今でも将悟さんのことが好きなんだって、つくづく思いました。でもやっぱり、将悟さんはわたしのことを思い出せないままでした。

そしてあの夜、ケーキが届く時間にあわせて、電話をかけました。将悟さんにとっては、出会ったばかりのわたしがケーキ送っても、ヘンな女って思われるだけですよね？　だから誰《だれ》かわからないように、携帯電話のボイスチェンジャー機能を利用することにしました。電話は、パパの作った発売中止の試作機がかわいそうで、使わせてもらってたんです。匿名の名前は、将悟さんの妹を名乗ることに決めていました」

「俺《おれ》を驚かせようとしたのはいいけど、どうして妹なんだ？」

「幼かったころ、遊んでるわたしたちを見て、パパが言ってました。『心乃枝《このえ》はまるで、将悟くんの妹だな』って。わたしあのころ、将悟さんの妹になりたかったんです。そうなればずっと一緒にいられるって思って。もう一つの理由は……将悟さん、まだ気づいてないんですか？　あの声、グランベリオンに出てきたキャラクターなんですけど……」

「えっ……？」

「ほら、いたじゃないですか。ロボットの女の子が」

「もしかして、『機械生命体ペリンちゃん』のこと……？」

「そうです！　そのキャラクター、グランベリオンの妹で、将悟さんも気に入ってましたから、マネしてみたんです」

「あれは妹じゃなくてメイドだし、声もしゃべり方も全然違ってたような」

「そ、そうだったんですか!?　それで気づいてもらえなかったんですね……。わたし将悟さんみたいにマニアじゃないから、よくわからなくて……」

心乃枝はしょぼんとうなだれた。

「マニアって……。それじゃ心乃枝、あの電話が単なるいたずらだって、すぐバレる予定だったのかよ!?」

「はい……。将悟さんは電話を聞いて、『俺は妹なんかいないぞ』『なんでそんなモノマネしてるんだ』って笑ってくれるはずでした。それが、話すきっかけになったらいいなって。将悟さんが思い出せなくても、『わたしたち、昔、出会ってるんですよ』って、思い出を語れたらいいなって。――ですが将悟さん、『妹』のことを、深刻に受け止めてしまったみたいで……。つい、いたずらだってバラせずに電話を切ってしまったんです」

「一つ聞いてもいいか？　心乃枝は本当に俺に妹がいること、知ってたのか？」

「えっ？　だって将悟さん、一人っ子じゃないんですか!?」

「って、マジで今まで知らなかったのかよ……。俺《おれ》、実はそのころ、本当に生き別れの妹がいるって噂《うわさ》を耳にしてたんだ。だからあの電話を聞いて、真に受けちまった」

心乃枝《このえ》は真《ま》っ赤《か》な顔で「スミマセンスミマセン」と何度も頭を下げた。

「すぐ、いたずらだって白状するつもりでした。でも電話の翌日、将悟《しょうご》さんは真剣に悩んだ顔で……。『妹』のことだって直感しました。それで『今、白状したら怒られちゃう。もうちょっと仲よくなってから話そう』なんて考えてしまったんです。

ところがダンスパーティーの夜、わたし、見てしまったんです。外で、将悟さんと神凪《かんなぎ》さんが楽しそうに踊ったり、抱きあったりしてるところを……」

「いや、あれは抱きあったんじゃなくて、ハプニングなんだけどな」

「それを見たとき、このままじゃ将悟さんが、神凪さんと恋人になっちゃうって予感がしました。神凪さんでなくても、他《ほか》の女の子と恋人になるかもって。そのとき急に怖くなって、誰《だれ》にも将悟さんを取られたくないって思ったんです。

どうしようって考えて、一つ、名案……いえ、恐ろしい思いつきをしてしまったんです。以前読んだ小説に、実の妹に恋して悩む兄の話がありました。それがヒントになって……。『妹』が正体を明かさずに、将悟さんと結婚するって宣言したら……将悟さんは、神凪さんや、他の女の子が『妹』かもしれないと悩んで、恋人になれなくなるって」

そこまで言って、心乃枝は黙りこんだ。

それは……無邪気ないたずらが、冗談にならない脅迫となった瞬間だ。

「効果は想像以上でした。将悟さんは、神凪さんを見て、警戒しているようでした。ですが同時に、わたしも警戒されるようになってしまいました。——でも本当のことを言えば、『妹』として電話して、将悟さんに『結婚します』って宣言するの、ちょっと楽しかったんです。なんか、普段言えないことが言えるような気がして。

そしてクラスに水谷衣楠《みずたにいくす》さんが編入してきましたよね。将悟さんと水谷さんが仲よくしてるのを見て、わたし、将悟さんは女の子に不信感を持って、男の人しか愛せなくなったんだって思って……申し訳ない気持ちになってしまいました」

「俺、本気で男好きなやつと思われてたのかよ……」

「それで神凪さんと一緒になって、将悟さんに女の子の魅力を伝えようって計画しました。将悟さんの性格なら、血のつながった妹かもしれないわたしたちに、手を出せないって知ってましたから、思いきってエッチに迫ったりしちゃったんです」

「あのなぁ。俺は生き地獄を味わったんだからな。——スッポンまで食わせて、俺だって男だぞ。欲望に負けてたら、どうするつもりだったんだ」

心乃枝はポッと顔を赤くして目をそらした。

「まぁ、それはそれで……」

「…………おい」

「あの夜は、なんだか楽しかったです。これなら将悟《しょうご》さんと恋人になれなくても、一緒にいられるって。もっと、こんな楽しい時間が続けばいいのにって……。

ですが、神凪《かんなぎ》さんは違いました。わたしは、将悟さんがわたしたちから逃げる理由を知っていましたが、神凪さんは知りませんでした。そのためかなり悩んで思いつめたみたいで……。とうとうわたしに抱きついて、泣き出してしまったんです。『こんなに誘惑してるのに相手にもしてくれないなんて、本当に嫌われちゃってるんだ！』って……」

その場面を将悟も見ていた。生徒会室に逃げこんだ日の、校舎の下駄箱だ。

「そんな神凪さんを見たとき、わたしは初めて、自分がどんなにひどいことをしてたか気づきました。神凪さんを傷つけていたのは、将悟さんじゃなく、わたしだったんです。

将悟さんに、すべてを打ち明けなきゃって思いました。せめて、神凪さんが『妹』じゃないってだけでも知らせなきゃって。それであのあと、将悟さんと神凪さんが二人でいるところを見計らって、『妹』として電話をかけたんです。

けれど、将悟さんの声を聴いた瞬間、声が出なくなってしまいました。嫌われたくない、捨てられたくないって気持ちがあふれてきて……結局、何も言えないまま、電話を切ってしまいました。あとは、将悟さんがあの電話を『妹』からのものだって気づいてくれるか……運を天にまかせることにしたんです。

そして今朝、わたしは教室で、親しそうにしている将悟さんと神凪さんを見ました。仲むつまじくて、あぁ、将悟さんは気づいてくれて、二人は恋人になったんだってわかりました。学校を早退して、悔しさと悲しさと罪悪感で、わんわん泣き続けて……。二人を騙《だま》し続けていたわたしには、将悟さんにも、神凪さんにも、あわせる顔がありません。だから、学園を去ろうって決めて退学届を提出して……。最後に、本当に知らせたかった昔の思い出だけ伝えたくて、この公園から電話をかけたんです」

最後まで言いきると、心乃枝《このえ》はちょっとスッキリした顔で大きく息を吐いた。心に抱えこんでいたものを、すべて吐きだしたのだろう。

わかってしまえばなんてことない。

本当にいる生き別れの妹の話と、心乃枝が演じた『妹』が複雑に絡みあって、『正体を隠し、兄との結婚を迫る妹』という幻影を生み出していたのだ。

「そうだったんだ……。俺《おれ》、ただのいたずらを信じてしまったんだな」

心乃枝は将悟の顔を見つめ……その目に、ぶわっと涙があふれた。

「ごめんなさい！　ごめんなさい！　わたし、わたし……ごめんなさい……」

将悟の胸に顔をうずめ、大粒の涙を流しながら、嗚咽《おえつ》の声を上げ続けた。

彼女の手を握り、頭をそっとなでる。とても責める気にはなれなかった。

心乃枝のしたことは、いいことじゃない。でもその奥には、純粋な愛情があるんだ。

「話してくれて、ありがとな。——けど、最後の部分だけ、ちょっと違うぞ」

「……え？」

「俺《おれ》と雅《みやび》は、恋人になったんじゃない。さっき言っただろ？　俺には本当に、血のつながった妹がいるんだって。——そいつが、雅なんだ。雅は、俺の妹なんだよ」

「じゃあ、仲よくしてたのも……」

「雅が妹だってわかって、彼女もそれを認めてくれたからさ」

「そ、そうだったんですか……。神凪《かんなぎ》さんが、将悟《しょうご》さんの妹……」

「今から思えば、あいつが俺の妹だってわかったのは、まったくの偶然なんだよな。ある意味、心乃枝《このえ》のおかげだよ。あいつヒネクレ者だから、なかなか話してくれなくて」

そして将悟は心乃枝を見ながら、わざとらしくつぶやいた。

「あーあ、妹はいても、恋人はいないんだよなぁ。俺も早く、彼女ほしいな～」

「えっ!?　あ、あの、それ、その、どういう……」

真《ま》っ赤《か》な顔であたふたする心乃枝。

そんな彼女の肩に、ポンと手を置いて……

「まずは学園に戻ろうぜ。みんな心配してるぞ」

将悟はほほ笑みかけた。

エピローグ　俺《おれ》と妹と恋人と

陽も落ち、薄暗くなった職員室前の廊下。

将悟《しょうご》は壁にもたれかかって、職員室にいる心乃枝《このえ》を待っていた。

待つ間、母に電話をかけて、額の傷について聞いてみた。

重い口を開きながら母が教えてくれた事故の状況は、すべて心乃枝の話を裏づけるものだった。もちろん母は、幼い心乃枝の恋心などは知らないけれど。

あの日の将悟は間違いなく、心乃枝のヒーローだったのだ。

やがて扉が開き、中に一礼しながら心乃枝が出てくる。

「どうだった？　小都里《ことり》先生、なんか言ってた？」

心乃枝は照れたようにペロッと舌を出しながら、両手に持った紙切れを見せる。

退学届が、二つにやぶかれていた。

「やぶらなくても、いいですよねぇ。どう書いていいかわからなくて、苦労したのに」

「ははっ。でももう、そんな苦労はしないほうがいいよな」

「あの、将悟さん。お願い……してもいいですか？」

「お願い？」

「実は……寮も出るつもりで、寝具とか荷造り始めちゃったんです。それで今、わたしの部屋、寝る場所もなくて……」

「う、うん」

「だから今夜……将悟さんの家、行ってもいいですか……？」

将悟は心臓がドキッとしながらも、心乃枝に悟られないよう、冷静な顔をした。

「わ、わかった。気兼ねする必要ないぞ。俺はキッチンで寝るから」

「それじゃ、わたしもキッチンで寝ようかな……」

ほおを赤く染め、寄りかかるように、将悟の胸に顔をうずめた。

§

将悟は自分の部屋のベッドに横たわった。窓の外はもう暗い。

耳をすませると……浴室から、シャワーの水音が聞こえてくる。

心乃枝が入っているのだ。

泣き腫《は》らした顔がみっともないから洗いたいって言って。

「にしても、心乃枝《このえ》、長いな。女の子って、こんなにじっくり体を洗うんだな……。俺《おれ》なんか、十分も入ったら出たくなるのに」

将悟《しょうご》の頭に、浴室に立つ、裸の心乃枝が浮かび上がる。

ぶんぶんと首を横に振って、あわてて想像を振り払った。

――お、俺はそんなつもりで心乃枝を連れてきたわけじゃ……。心乃枝が、寝る場所ないって言うから……。

やがてシャワーの音が止まり、浴室の扉が開く音した。

続いて心乃枝が服を着る衣擦《きぬず》れの音。それから、板の間を歩いてくる足音がした。

「将悟さん。シャワー貸していただいて、ありがとうございます。いいお湯でした」

「おっ、心乃枝、上がったか……って」

ベッドの上に上半身を起こし、心乃枝の姿を見て……将悟は固まった。

心乃枝が着ているのは……将悟の制服のシャツ。

白いシャツ一枚しか身につけていなかった。スカートもズボンもはかず、シャツの下から細くて白い足が伸びている。

「今日はいろいろあって、制服がヨレヨレになって……。それで、干してあったシャツ借りちゃったんですけど……」

「い、いや、それはいいけどさ……せ、せめてスカートくらい……」

「でも……スカートも皺《しわ》だらけですし……」

心乃枝は顔を赤らめながら、将悟の隣に歩いてきた。

ベッドの縁に腰掛ける一瞬、シャツのすそがまくれ上がる。

——こっ、心乃枝、パンツもはいてないんじゃ……!?

「将悟さん、どうかしました？」

「な、なんでもないよ……」

思わず、彼女の胸元に目を向けてしまう。

と、いうことは……心乃枝、ブラもつけてない……？

「あの、勝手にシャツ借りたのいけなかったら、今すぐに返します」

心乃枝は言って、シャツのボタンに手をかけた。

「いいい、いや、か、返さなくていいよっ」

「でも将悟さん、シャツ見てるし……。やっぱり、返します」

「だ、ダメダメ、返したら、ダメだってばっ！」

心乃枝が一番上のシャツのボタンを外すと同時に、将悟は彼女の両腕を押さえた。

勢いあまって、心乃枝の体が押し倒され、ベッドに横たわる。将悟は覆い被《かぶ》さるような格好で、彼女の顔を見下ろした。

「こ……心乃枝……」

「将悟《しょうご》さん……」

心乃枝《このえ》は真っ赤《まか》な顔で、目をうるませながら、まっすぐ見つめ返していた。

ボタンの外れたシャツの隙間《すきま》から、柔らかそうな胸がチラッと見えている。

「し、将悟さん……わたしの……その、しゅ、シュークリーム……」

「……えっ？」

「な、なんでもないです……。その、わ、わたしの……た……食べ……ても……」

心乃枝の震える言葉がとぎれとぎれになって、何を言ってるのかわからない。

そんな、いっぱいいっぱいの様子の彼女がかわいくて——将悟はそっと、人差し指を心乃枝の唇に当てた。

「何も言わなくてもいいよ、心乃枝」

「将悟……さん……」

将悟は目をつむった心乃枝の手を握り、顔を近づける。うっすらと開かれた桃色の唇。

——学園に来た日も、こんなふうに唇を近づけたっけ。

これから、俺《おれ》はずっと、心乃枝と一緒に過ごすのかな。この学園で、いや、卒業してからも、ずっと……。

心乃枝はたしかに『妹』だった。でもそれは架空の存在で、本物の妹ではなかった。

どんなに好きな女の子だって、血のつながった妹だったら恋人にはなれない。でも心乃枝は、共明日《きょうあす》カンパニー重役の娘という、ハッキリした身元がある。

そして、生き別れの妹だった雅《みやび》とも再会できたんだ。

俺にとって、二人とも大切な女の子だ。

これから心乃枝と雅、仲よくしてくれるかな……。

さらに唇を近づけて、将悟は目を閉じ、頭の中をからっぽにした。

心乃枝のちょっと荒い息づかいが聞こえ、二人の鼻と鼻が触れあうほど近づいて……。

リ〜ン、リ〜ン……

携帯電話の着信メロディで、将悟はハッと目を開いた。

「や、やだ……。わたしの電話……」

「見たほうがいいんじゃないか？」

将悟は心乃枝の体から離れた。あせることはない。今日は、まだ長いんだ。

心乃枝は脱衣所に走って、携帯を持って戻ってくる。

「誰《だれ》から？」

「パパです。もう、こんなときに……」

「ははっ、出てあげなよ」

将悟にうながされ、心乃枝は電話に出た。

「パパ？　うん。そう、わたし……」

彼女が電話で話している間、将悟《しょうご》は考えた。

心乃枝《このえ》は、帝野《みかどの》グループのライバル企業重役の娘だ。もし、将悟が心乃枝と結婚することになったら……みんなは賛成してくれるだろうか。反対されたりしないだろうか。

でも——本当に愛する女性となら、そんなハードルも越えなければならないんだ。

「うん。それじゃあ、またね」

心乃枝は父との話を終えて、電話を切った。

「お父さん、なんて？」

「元気でやってるか、ですって。——もうっ、パパったら、わたしが寮で一人暮らししてから、心配して三日に一度は電話かけてくるんですよ」

「いいお父さんじゃないか」

心乃枝は携帯電話を抱えて、幸せそうに目を閉じた。

「——そうですね。わたし、パパにはすごく感謝してるんです。だって……」

「だって？」

「だって、みなしごのわたしを育ててくれたんですから」

「…………え？」

一瞬、将悟の背筋を、イヤな予感が駆け上った。

——いやいや、何をあせってるんだ。俺《おれ》の妹はもう、見つかったんだから。

「そ、そうなんだ。いいお父さんだね」

「はい」

心乃枝がほほ笑んだとき、玄関の扉をノックする音が響いた。

「ん、誰《だれ》か来たのかな。見てくるよ」

将悟はベッドから立って、玄関に向かった。

玄関を開けると、夜の暗がりの中に雅《みやび》が立っていた。

「雅……？　どうしたんだ？」

雅はじ～っと、なんだか怒ってるようににらみつけていた。

「天導《てんどう》会長が言ってたんだけど、将悟、鶴眞《つるま》さんと一緒に帰るのを見たって……」

「えっ、まぁその……」

――仲よくしてるところ、見られちゃったかな。

将悟は照れて、頭をかいた。

雅は玄関から身を乗り出し、キョロキョロ探すように家の中を見回す。

そして居間に座っている、素肌にシャツ一枚だけの心乃枝を見つけ……

「しょぉ～ごぉ～っ！」

たちまち雅の瞳《ひとみ》に、メラメラと炎が燃え上がった。

将悟の胸ぐらをつかみ、家の中に踏みこんでくる。

「まま、待て、落ちつけ、雅《みやび》っ」

必死で雅の肩を押して、怒りに燃える彼女を制止しようとした。

すると雅は立ち止まって、胸ぐらをつかむ手をゆるめた。

口元に、寂しげなほほ笑みが浮かび上がる。

「そっか……。将悟《しょうご》、鶴眞《つるま》さんを選んだんだ。あたし、嫌われちゃったね」

「待ってくれ、雅。俺《おれ》はお前のこと嫌ってなんかない！」

「だって！　あたしの知らないうちに、鶴眞さんと、こんな……二人っきりで……」

えぐっ、と声を上げ……雅の両目から、涙がすじを作ってこぼれ落ちる。

きっと、妹のかわいらしい嫉妬《しっと》なんだろう。

将悟は彼女の小さな両肩に、ポンと手を置いた。

「雅、たしかに俺は、心乃枝《このえ》が大切だ。だけどお前だって、ものすごく大切なんだ。たった一人の、俺の妹なんだぞ」

するとと雅は、涙の止まった目でじっと将悟を見つめた。

「ね……。将悟。あたしのこと誤解してるよね……？」

「誤解？　そんなことないぞ。俺はちゃんと理解してる。雅が俺の妹だって」

「それが誤解なんだって。あたしはね、将悟。——将悟の、幼なじみだよ」

「………はい？」

将悟は雅の目を見返したまま、パチクリと目をしばたたいた。

「だけど雅、俺の妹だって、認めてくれたじゃないか」

「それは……。将悟があたしの家に来たとき、怒鳴《どな》って追い出しちゃったでしょ。でも、あれから考えたんだ。これじゃ、また将悟に嫌われちゃうって。将悟、あたしのこと妹とかって誤解してるけど、話をあわせてあげたら、嫌われないかもって……」

雅は口をすぼめて、いたずらがバレた子供みたいにつんつんと指先をついた。

「てことは、雅が妹だって言ってたのは、ただの演技……」

「ゴメン……」

将悟は小さく首を横に振って、雅の手を握った。

「いや。俺も、いろいろ傷つけたから……。でも、幼なじみってどういうことなんだ?」

「あたしの子供のころ……小学校に入学した直後くらいね。そのころお父さんがケガをして、病院に通ってたんだ。あたし両親が離婚して、お父さんと二人家族なの。家から遠くにある総合病院だったから、あたしもお父さんに連れられて病院に行ってた。お父さん、あたしが家で一人だと心配だったのよ。

そしたら、将悟が入院しててさ。頭にぐるぐる包帯巻いてたよ。あたしのお父さん、小さな会社を経営してててね、それで将悟のお父さんと意気投合したみたい。あたしも将悟と話すようになった。お父さんたちったら、あたしと将悟が同年代って知ると、将来は結婚させようなんて勝手に盛り上がってさ。

あたしと将悟《しょうご》は病院の庭で遊ぶようになって……ある日、気づいた。将悟のこと、好きなんだって。これがあたしの初恋。だけどお父さんの通院が終わって、あたしたちは会えなくなった。あたし毎日泣いて……ずっと、もう一度将悟に会えますようにって、神さまにお祈りしてたよ」

雅《みやび》は一度、せつなそうなため息をついた。

「あたし、中学卒業したらお父さんの会社手伝うつもりだった。だけどお父さんは進学しなさいって言って、この深流院《みりゅういん》学園に入れてくれた。あたしは別に、こんな学校入りたくなくて、つまらない毎日だって思ってた。だけど、聞いたんだ。帝野《みかどの》将悟が、この学校に編入するって。子供のころの願いを、神さまがかなえてくれたんだって思った。でもヘンだよね。実際に将悟に再会すると、どんな顔していいのかわかんなくて……」

ははは、と雅はおかしそうに笑った。それから、少し恨みがましい目で見つめる。

「なのに将悟ったら、あたしのこと全然覚えてないみたいでさ。いつ思い出してくれるかなって、期待して待ってたのに……」

「それじゃ雅、風呂場《ふろば》にあった、グランベリオンの怪人のシャンプー容器は……」

「あぁ、あれ？　病院で遊んでたころ、二人で、病院内の売店で買ってもらったんだ。将悟と会えなくなってからは、あのシャンプー容器だけが残った思い出の品で、ずっと大切にしてたんだよ」

「じゃあ、結婚したい相手が俺《おれ》だってのは……」

「二人で結婚式ごっこしたじゃない。――だから将悟に『誰《だれ》と結婚したい？』って聞かれたとき、てっきり、昔のことを思い出してくれたんだって思って。なのに『俺たち兄妹じゃないか』とか、わけわかんないこと言われて、カッとなっちゃって……」

「そ、そう……だったんだ……」

「ねぇ将悟。ほんとに昔のあたし、ちっとも覚えてないの？　全然？」

「実は俺、子供のころの雅と出会う少し前に、事故にあってるんだ。ほら、額に傷跡があるだろ？　事故の後遺症で記憶が失われて、今まで自分でも原因を知らなかったんだよ。

――雅の話に出てくる俺の入院ってのは、そのためだと思う。そのころはまだ完治せず、記憶力が回復してなかったのかもしれない」

「そう……。それじゃあ、覚えてなくてもしょうがないね……」

雅は少し残念そうに、しかし納得した顔でうなずいた。

ということは――。

雅は幼なじみ。心乃枝《このえ》も幼なじみ。

「幼なじみが二人も同時に出会うなんて……すごい偶然だな」

するると、聞いていた心乃枝が口を開いた。

「いえ……偶然じゃないかもしれません」

「どういうこと？」

「わたしのパパ、昔よく言ってたんです。わたしと将悟《しょうご》さんが出会ったころ、熊五郎《くまごろう》さんって、交流を広げるためにあちこちの実業家に積極的に会ってたんですって。気があえば公私問わずつきあって、将悟さんも『自慢の息子』って感じで連れて歩いたって。――それで、相手に将悟さんと同年代の娘がいると、将来は結婚させようって話で盛り上がったそうなんです。そのうえ、熊五郎さんもこの深流院《みりゅういん》学園の卒業生だから、しょっちゅう学園の素晴らしさを語っていたとか」

「じゃ、こうして俺《おれ》たちが集まったのも、父さんの影響……」

「かもしれませんね」

しかし、ますますわからないことが一つある。

心乃枝《このえ》も雅《みやび》も、どちらも昔出会った女の子で、妹じゃない。

じゃあ、本当の妹は……誰《だれ》……？

将悟はキツネにつままれた気分になった。

そして……突然、笑い出した。

「は……ははっ、はははは、なんだ、そうだったんだ！　バカだな俺って。妹なんて、最初からいなかったんだ！」

「いなかった、ですか……？」

「そうさ。──いや、母さんが証言したんだから、間違いなく俺には生き別れの妹がいるんだ。でも彼女は世界のどこかで、俺とは無関係に立派に生きてるんだよ。なのに、いつの間にか俺は、すぐそばに妹が来ているような錯覚におちいってたんだ」

「わ……わたしのせい……ですよね。わたしが『妹』のふりなんてしたから……」

心乃枝がシュンとしてうつむいた。

「あたしも、いろいろまぎらわしい態度とっちゃったのかも……」

雅はばつが悪そうに目をそらす。

「でも二人とも。もう心配ないさ。妹の幻影は消えたんだから」

「なるほど、そっか……。将悟は、あたしたちが生き別れの妹かもしれないって思って、誘惑されないように逃げてたわけなんだ」

やっと合点がいったらしく、雅はニヤッと笑った。

「そうとわかれば鶴眞《つるま》さんっ！　あたし、負けないから！」

「ななな、なんですかっ!?　わたしだって負けませんよ！」

「ま、待ってくれよ二人とも。──俺、やっと二人のことが本当に理解できたんだ。今日は、みんなで仲よく過ごそうよ」

「将悟さんが言うのでしたら……」

「む〜、今日だけだからね」

将悟《しょうご》に招き入れられ、雅《みやび》も居間に入ってきた。

将悟はキッチンでお湯を沸かし、お茶を用意している。

その間、居間では心乃枝《このえ》が雅に『妹』のことについて説明していた。

「なるほどねぇ。将悟が誤解した原因は、鶴眞《つるま》さんなんだ」

「わたしのせいで神凪《かんなぎ》さんまで傷つけて……ごめんなさいっ」

心乃枝は話し終わると、頭を下げて謝った。

「ま、誤解も解けたし、今さらいいわよ。将悟があたしのこと全然覚えてなかった理由もわかって、スッキリしたし。——にしても鶴眞さん、なんて格好してんのかなぁ」

雅はじとっと、心乃枝の丸出しの足を見つめた。

心乃枝は真っ赤《まっか》になって、両手でシャツのすそを押さえる。

「ち、違います！　こ、これは制服がヨレちゃって！」

「ふ〜ん。じゃああたしも、制服ヨレちゃおっかな〜」

雅は立ち上がると、スカートのホックに手をかけ、外そうとした。

ちょうどそこへ、将悟が盆に載せたお茶を運んでくる。

「だあぁぁっ！　何してるんだっ雅！」

「何って、鶴眞さんばっかりこんな格好してるの、ズルいもん」

「だーかーらー、今日はそういう日じゃなくって！　いいからお茶を飲んで落ち着けっ」

将悟は女の子二人を前にして、床に腰を下ろした。

「ったく……。二人とも、もう確実に妹じゃないんだ。俺《おれ》を押しとどめるものはないんだぞ。俺が野獣になったらどうするんだ」

「将悟、野獣になるの⁉」

「将悟さん、吠《ほ》えちゃうんですね⁉」

たちまち目をキラキラさせる雅と心乃枝。

将悟は頭を抱えて、大きくため息をついた。

「もう、将悟さんったら。冗談ですってば」

「将悟って単純。だからすぐ、妹がいる！って話に騙《だま》されるんだよ」

「そう言うなよ……。でもなんで俺、あっさり心乃枝のいたずらを信じたんだろうな」

将悟は、心乃枝演じる『妹』との出会いを思い返した。

「最初は、父さんの葬儀の日だったんだよな。あの日初めて『妹』が現れて、俺を『お兄さま』なんて呼んだんだ。――あのとき心乃枝に会えてたら、こんな騒動も起きなかったんだよ。心乃枝も、こっそり会おうとしないで、堂々と会ってくれればよかったのに」

聞いていた心乃枝は、ポカンとした目で将悟を見た。

「あの……なんのことです？　将悟《しょうご》さんの言うこと、よくわからないんですが……」

「だって心乃枝《このえ》、父さんの葬儀の日、俺《おれ》に会おうとしたんじゃないのか？　ほら、すべて話してくれたときに、言ってたじゃないか。『葬儀のときも、将悟さんに会うことはできませんでした』って」

「はい。わたし熊五郎《くまごろう》さんの葬儀、参列できなかったんです。昔お世話になったし、将悟さんと再会できるかもって期待して、パパと一緒に行きたかったんですけど……。あいにく、ちょうど深流院《みりゅういん》学園の入試日と重なってしまって」

「え……。心乃枝は葬儀に来てない……？　入学試験で？」

「そうですよ。雪の入試日で大変だったの、よく覚えてます」

「じゃあまさか、あの声は雅《みやび》とか……？」

「よくわかんないけど、あたし、葬儀の日なんて知らないよ。あたしのお父さん、昔病院で熊五郎さんと知りあっただけで、深いつきあいじゃなかったし」

将悟の中で、むくむくと新たな疑問の固まりが沸き上がった。

心乃枝も雅も、葬儀会場に来ていなかった。

——それなら、あの葬儀の日、将悟のもとで『妹』を名乗った声は……誰《だれ》……？

あのときの声は、窓の向こうで、こう言っていた。

『わたくしはお兄さまと、結婚しに来たのです』

その彼女は、今、どこに……？

もしも、その彼女が、本物の妹だったら……？

「もしかして……俺の知らないすぐ近くに、本物の妹がいる……？」

将悟は何気なく目の前に座る心乃枝と雅の顔を見て……

びくっ、と全身を強《こわ》ばらせた。

まさか……。二人のどちらかが、あの日の『妹』なのに、それを隠して……？

「ち、違うよな……。二人とも……妹……じゃないよな……」

将悟の言葉に、心乃枝も雅も、何も言えず押し黙った。

しばらくの沈黙ののち、二人が同時に叫ぶ。

「わ……わたしは、将悟さんの妹じゃないですっ！」

「あたしだって！　言ったでしょ、幼なじみだって！」

叫び、それから心乃枝と雅は互いににらみあった。

「ね、鶴眞《つるま》さん」

「……なんですか？」

「鶴眞さんってさ、ほんとーに、将悟にいたずらだけで『妹』になったのかなぁ」

「な、何が言いたいんですかっ!?」

「ほんとは将悟の妹なのに、隠してないかなぁ……」

「失礼ですっ！　……神凪《かんなぎ》さんこそ、病院で会ったなんて、どこまで本当なんだか」

「何よっ！　あたしと将悟《しょうご》の思い出は真実よっ」

「そうかなぁ。妹として会ってたのを、ごまかしてるのかも……」

「あたしが嘘《うそ》言ってるってのっ⁉」

「わたしこそ、嘘なんかついてませんっ‼」

お互いにつかみかかろうとする心乃枝《このえ》と雅《みやび》。

将悟はおろおろと二人を交互に見た。

「あー、二人とも、落ちついて、落ちついて。俺《おれ》は、どっちも信じるからさ……」

すると心乃枝も雅も、グッと将悟に顔を寄せてにらみつける。

「そうですよね！　わたし、将悟さんの妹じゃないですよね！」

「あたしこそ、将悟の妹じゃないって、鶴眞《つるま》さんにわからせてよ！」

そうだ、俺は信じる。二人とも妹じゃない。妹じゃない。そうじゃ、ないはずだ……。

では……葬儀の日に将悟に近づいた、『妹』の正体は？

彼女が、将悟の本当の妹だったら？

そして今も、将悟のすぐ近くにひそんでいたら？

心乃枝か雅と結ばれて、しかし彼女が、血のつながった妹だったとしたら……？

俺は、取り返しのつかない過ちを犯してしまうことになる……。

「将悟さん、わたしが妹ではないって、認めてください！」

「将悟！　妹はあたしじゃないって、言いなさいよ！」

「心乃枝、雅。俺は二人を信じる。信じるから……少し、時間をくれないか？」

「時間って、いつまでですか？」

「その、本当の妹が誰《だれ》か、わかるまで……」

「むぅ～。将悟、やっぱりあたしのこと、妹かもって思ってるでしょ」

「いや、そんなことは、決して……」

するとと突然、心乃枝が意を決したように、将悟の両肩に手を置いた。

「わかりました。でしたらわたし、将悟さんに見せてあげます」

「何を見せるんだ……？」

「わたしが妹でない証拠です！」

「証拠って、いったい」

将悟がつぶやいた直後――

心乃枝は一気に顔を寄せて……

「……………!!」

将悟の唇に、柔らかな、脳がとろけるような心乃枝の唇が重なった。

生まれてから今まで、感じたこともないような柔らかさが全身を駆けめぐって……

心乃枝《このえ》はすっかり上気した赤い顔で、息を吐きながら唇を離した。

「これが、証拠《しょうご》です。ほ、本当の兄妹じゃ、こんなこと、できないでしょ……?」

将悟《しょうご》は呆然《ぼうぜん》と、心乃枝の真《ま》っ赤《か》な顔を見つめた。

「こ……これが……これが……キス……」

「……将悟さん……キス、初めてなんですね……。わたしも……です。——将悟さんとファーストキス……しちゃいました……」

うっとりとほほ笑む心乃枝。

隣であっけにとられていた雅《みやび》が、キーッと叫び声を上げた。

「ば、ばばばば、バカ将悟っ!! な、何、勝手に奪われてんのよっ!?」

雅はグッと前に乗り出し、将悟の肩をつかんで心乃枝からひったくった。

「何よ! あんなキス、兄妹のスキンシップみたいじゃない! ほんとの男女のキスってのはね、こういうものよ!」

言って、雅は一気に将悟に唇を重ねた。

雅のかわいらしい唇が、むさぼるように将悟の唇を求め……

「むぐっ……」

将悟の口の中に、背筋が砕けるほど柔らかいものが入ってきた。

これは、いつも『バカ将悟!』って罵倒《ばとう》していた、雅の舌……

はぁはぁと激しい運動を終えたように汗をかきながら、雅はゆっくりと唇を離す。

「ふ、ふふ、こ、これくらいできなきゃ、兄妹じゃない証拠になんかならないわ……」

雅はすっかり充血した目で将悟を見つめた。

「将悟……。あたし、将悟の中に入れちゃった……。こ、今度は、将悟が入れても、いいんだからね……」

将悟の頭の中は、すでに真っ白になっていた。

——お……俺《おれ》は……俺はキスしちまったのか……？

もし、もしも、二人のどちらかが本物の妹だったら……

俺は、妹と、キスしてしまったのか？

血のつながった妹と、キスをしてしまったのか!?

う……

うあ……

うあああああああああああああぁっ!!

将悟は頭を抱えながらふらふらと立ち上がり、後ずさりした。

足がベッドに当たって、ベッドの上にあお向けに倒れる。

「し、将悟さんっ！　わたし、もっと兄妹じゃない証拠、見せられます！」

「あたしだって、これで終わりじゃないんだからっ！」

心乃枝《このえ》と雅《みやび》はベッドに手をついて、将悟《しょうご》に覆い被《かぶ》さってきた。

「ま、待って、二人とも、落ちついて……」

抱きつこうとする二人を制するように、将悟は両手を前に突き出した。

「あっ……」

「んっ……」

ムニッ……。ペタッ……。

将悟の両手が……心乃枝の胸と、雅の胸を押さえつけていた。

柔らかな心乃枝の胸。

真っ平らな雅の胸。

「い……いや……これはわざとじゃなく……」

しどろもどろに言い訳しようとする将悟を、二人の女の子が熱っぽく見つめる。

「将悟さんが望むのなら、わたし……」

「将悟、今夜は特別なんだから……」

心乃枝と雅はゆっくり目を閉じ、将悟に唇を寄せてきた。

だ、ダメだ……。二人とも、そんなことしちゃ、ダメだ！

このままじゃ……俺《おれ》は、血のつながった妹と、取り返しのつかないことに……!!

将悟の心が、この世の終わりとも思えるほどの絶望に満たされたとき——

家の扉がバタンと開いた。

「帝野《みかどの》ぉ！　今夜はとことん呑《の》んで語り明かそ～ぜ！　お前はジュースな！」

「将悟く～ん、心乃枝ちゃんとイチャイチャしてる～？」

「天導《てんどう》会長！　の、のぞきに来たんじゃ……あ、ありませんっ」

「将悟くん。早くボクと子作りしてくれたまえ」

「帝野！　家にいるくらいなら、わたしの店に……」

小都里《ことり》先生と愛菜《まな》、凜香《りんか》、衣楠《いくす》、そして芽依《めい》が立っている。

五人は一瞬ののち、黙りこんで部屋の惨状を見つめた。

「あ～ん、愛菜もラブラブにまぜてまぜて～」

「みみみ、帝野センパイッ！　こ、校則違反ですっ！　みだらですわっ!!」

「ふむ……帝野は多人数プレイが好きなのか。店のサービスに反映せねば」

「将悟くんはそんなにたくさん子供がほしいのか……」

「お……おのれらぁ～っ……。せ、せんせーが心配して見に来てみれば……」

小都里先生は全身をピクピクと震わせ……

「な～にをやっとんじゃあああああぁっ!!」

周囲一キロメートル四方の野良犬が、一斉に逃げ出すほどの怒鳴《どな》り声を響かせた。

§

翌朝、いつもと同じように、将悟《しょうご》は登校のため家を出た。

「将悟さ～ん。おはようございます」

玄関の前で、心乃枝《このえ》が待っている。

「よう心乃枝。おはよう」

心乃枝は将悟の前に立つと、そっと目を閉じ、軽く唇を突き出した。

「……なんだよ」

「もうっ、忘れちゃダメですっ。お出かけのキス」

「あのなぁ、昨日あれから、一升瓶抱えた小都里《ことり》先生に一晩中説教されたんだぞ。『二人同時になんてヘンタイプレイは、十八歳以上になってからにしろっ！』って……」

「将悟さん、大変だったんですね」

「まったくだ。誰《だれ》かさんと誰かさんのおかげでな」

「それはそうと、早くお出かけのキスしないと、遅刻しちゃいますよ」

「……人の話、聞いてないだろ」

「キスしてくれないなら、今日一日『将悟お兄ちゃん』って呼んじゃいます」

「なっ……。そ、それは……やめてくれ……。心臓に悪い……」

「じゃあ、キス」

将悟はまた大きくため息をつき、心乃枝の肩に手を置いた。

静かに顔を近づけ……心乃枝のおでこに、そっと唇をつける。

「えぇ～、これだけですか？」

「許してくれってば」

「もう……。わかりました。今回は、これで許してあげますっ」

不満そうに言って……心乃枝はキスされたおでこをなでた。

たちまち、ニヤーッと満面の笑顔を浮かべる。

――ちぇっ、しっかり喜んでんじゃねぇか。

「将悟～っ。おっはよー」

声に振り返ると、道の向こうから雅《みやび》が歩いて来た。

「よう雅。おはよう」

雅は将悟の前に立ち止まり、じーっと期待いっぱいの目を向ける。

「……なんだよ」

「学校行く前のチューは？」

「俺《おれ》にそんな習慣はない」

「へ～ぇ。じゃああたし、今日から将悟のこと、『将兄ぃ《しょうに》』って呼んじゃおうかなぁ」

はぁ、と大きくため息をつき、将悟《しょうご》は雅《みやび》の肩に手を置いた。

静かに顔を近づけて……雅のほおに軽く唇を押し当てる。

「え～っ、ほっぺだけ？　なんかあたしのこと、子供扱いしてる～っ」

「頼むから勘弁してくれよ……」

「しょうがないなぁ、ヘタレ将悟」

ぶつくさと文句を言いながら……雅は、ニターッととろけそうな笑顔を浮かべた。

――ったく、しっかり味わってんじゃねぇか。

心乃枝《このえ》も雅も『大好きな兄にキスされてうれしくてたまらない妹』って顔しやがって。

「俺《おれ》はもう行くからなっ」

将悟が学校に向かって歩きはじめると、心乃枝と雅が両側から腕を組んできた。

次の瞬間、チユッ、チユッ、と両ほほに、心乃枝と雅の柔らかい唇が触れる。

「な、何を……!?」

しかし幸せそうに笑顔を浮かべる二人をふりほどく気力もなく、将悟はそのまま歩き続ける。

校門のところに来ると、生徒会長の愛菜《まな》と副会長の凛香《りんか》が立ち番をしていた。

「帝野《みかどの》センパイっ！　センパイは朝っぱらから学園の風紀を乱すつもりですかっ!?」

凛香が、腕を組む将悟たち三人を見て、真っ赤《まっか》な顔で詰め寄る。

「俺か！？ 俺のせいだってのか！？」

「他の誰《ほか だれ》のせいだってんですの⁉『規律正しく清潔な学生生活を送ること』と校則にも書かれていますわ！　あーっもう、ベタベタしないっ」

怒鳴《どな》り続ける凜香《りんか》の横から、ひょいっと愛菜《まな》が顔を出した。

「将悟《しょうご》くん、いいなぁ〜。愛菜とも腕組みしてぇ〜」

「天導《てんどう》会長まで……。もう両腕ともふさがってるんだけど……」

「ひ〜ん、将悟くんにフられた〜っ。将悟くんのイジワルぅ〜」

鞄《かばん》を小脇《こわき》に抱えながら、衣楠《いくす》が道の反対側から歩いてくる。

「やぁ将悟くん。今日はキミの家でシャワーを借りたいのだが」

「ていうか、まだ学園に残るのかよ」

「うむ。ボクはこれからも、キミを危機から守るつもりだ。結婚して子供を作るのが一番いい方法だと思うのだが……」

それから将悟は、背後からの視線を感じて振り返った。

魔女っ娘《こ》のコスプレをした芽依《めい》が立っている。

「こら、帝野《みかどの》！　いつになったら、わたしの店に来てくれるのだ？　帝野が萌《も》えて悶《もだ》えて死ぬほどの『しすたぁず』を準備して待ってるのだぞ！」

「せ、センパイ……。今そんなことをされたら、マジで死にそうっす……」

そこに、出勤した小都里《ことり》先生が通りかかった。

「おっ、帝野、セイシュンしとるな〜っ」

それから突然、ギロッと将悟をにらみつけた。

「ただぁ〜し！　女のコ泣かしたら即・退学だからなっ！　肝に銘じとけよっ！」

「き、肝に銘じます……。ていうかもうだいぶ泣かせちゃった気が」

朝、校門の周囲には、登校してきた大勢の生徒がいた。

学園の女子生徒たちが、遠巻きに将悟の姿を見つめている。

「知ってる？　帝野くんって、退学しようとした子の悩みを解決してあげたんですって」

「男の人しか愛せないなんて噂《うわさ》が流れてたけど、本当は頼りになる人なのね」

「しかもあんなモテモテなのに、特定の彼女はいないそうよ」

「ウソー。あたしも帝野さんにアタックしちゃおうかな」

「帝野くんって純情そうだしぃ、色じかけしたら一発で落とせちゃうかも……」

そんな光景に、心乃枝《このえ》と雅《みやび》は、将悟をつかむ腕に力をこめた。

「うぅ〜、将悟《しょうご》さん、すっかり人気者です……」

「絶対、渡したりしないんだから！　わかってるわよね!?　バカ将悟！」

将悟は女の子たちに見つめられながら、朝から疲れた足取りで校舎へと歩いた。

隠れるように別館校舎のトイレに入ると、将悟《しょうご》はホッとため息をついた。

「はぁ……。俺《おれ》、いつになったら落ち着いて、生涯の伴侶《はんりょ》を探せるんだろ。早く本当の妹が見つかるといいんだけどなぁ」

用を足して手を洗い、廊下に出る。朝のホームルーム前の時間、音楽室や視聴覚室などが並ぶ別館校舎の廊下は、誰《だれ》もおらず静まり返っていた。

もう教室に行かないと。そう思って足を踏み出したとき……ポケットの携帯が鳴った。

取り出して見ると、液晶に表示されているのは『非通知着信』。

一瞬、ギクリとする。

いや、何ビクついてんだ。あの電話は心乃枝《このえ》のいたずらって、わかったじゃないか。

ははは、と心の中で笑いながら、将悟は電話に出る。

「もしもし――」

『こんにちは、お兄さま。わたくしです。わかりますか？　お兄さまの、妹です』

奇妙に加工された、誰かわからない少女の声がした。

「……心乃枝か？　またそんないたずらしてるのかよ」

『こうしてお呼びするのも、熊五郎《くまごろう》お父さまのお葬式以来です』

「は……？　お葬式以来……？」

『あの日は急に人が来てしまい、お兄さまにお会いすることができませんでしたもの』

将悟は葬儀の日を思い出した。たしかにあのとき、『妹』を名乗る声の主は、瀬利《せり》秘書が現れたせいか、いなくなってしまったのだ。

それを知ってるってことは——電話の相手は本当に、葬儀の日に現れた『妹』……？

「や、やだな、心乃枝だろ？　やっぱり葬儀に来てたんだ？　そうだって言ってくれよ」

だが、電話の相手は答えなかった。代わりにこう言った。

『でもこれからは、いくらでも二人きりになれるチャンスがありますね』

ゴーン、ゴーン、と、廊下におごそかな予鈴のチャイムが響き渡る。

同時に電話の向こうからも、かすかに同じチャイムの音が聞こえた。

間違いなく電話の相手は、この学園の中にいるのだ。

この電話は、心乃枝からなのか？　それとも別人が正体を隠しているのか？

わからない。わからないが、確実なことはただ一つ。

いる。

この中に、いる。

この中に一人、妹がいる！

新たな『妹』の声に、将悟は額に汗を浮かべ、教室に向かうのも忘れて立ちすくんだ。

電話の向こうで、上機嫌そうな声が響く。

『うふっ。愛しております、お兄さま』

あとがき

こんにちは、田口一《たぐちはじめ》です。

正体不明の『妹』に翻弄《ほんろう》される本作ですが、こんな経緯で誕生しました。

前シリーズ『三流木萌花《みつるぎもえか》は名担当！』の三巻のモバイルアンケートで「本作に登場したライトノベルで、実際に読んでみたいものはなんですか？」という設問がありました。

この作品は高校生ライトノベル作家を主人公とした物語で、雰囲気づくりのために、各章の扉ページに架空のライトノベル作品の紹介文を載せる、という遊びをしていました。

そこで、その架空作品で実際に読んでみたいものはどれか、というのが先の設問なのです。投票いただいた皆さま、本当にありがとうございました。

ではここで、発売一ヶ月時点のアンケート結果を発表いたしましょう。ジャカジャン。

銀河サイキック少女　ミライちゃん　44票／聖《セイント》!!　愛《らぶ》り～☆エンジェルス　36票／妹が婚約者!?　31票／ぱん×ぶら　22票／16歳の魔王　21票／ビシバ死コアクマさまっ　20票／ワンダーワールドガールズ　12票／死神これくしょん　10票／アトランティスな生徒会長　10票／男はみんな、死ねばいい　9票／ピンポンダッシュ!!　6票／セヴンス・ヴァージンズ　4票／黒いアレ　4票／もみじ色くれよん　4票／幻界探偵アイラ　2票／やめあら！　2票／帝都のターニャ　1票／ダークネスダウト　0票このうち、『ミライちゃん』『愛り～☆エンジェルス』『コアクマさまっ』の三作品は作中作として再三登場したので、得票数が高いのもうなずけるところなのですが……

妹つえええええええっ！

このアンケート、当初は必ずしも「得票が高いものを実際に書く」という目的ではなく、単に聞いてみたかっただけでした。――が、『妹が婚約者!?』が予想以上に得票を集めたことと、「実際に書いてみても面白そうじゃね？」という理由から、これを元にして誕生したのが本作『この中に1人、妹がいる！』であります。

なお、アンケートの各タイトルの内容が知りたいという方、『三流木萌花は名担当！』全三巻、全国の書店さまにて好評発売中です！（宣伝）

キャラクターデザイン・イラストを担当してくださいましたCUTEGさま。余裕のないスケジュールでありながら、イメージピッタリのかわいいヒロインたちを描いていただき、私も萌《も》えて悶《もだ》えております。

担当編集の児玉《こだま》さまをはじめ、本書に関わってくださいました皆さま、新シリーズでもよろしくお願いいたします。

そしてこの本を手に取ってくださいました読者の皆さま。謎《なぞ》の『妹』に翻弄され誘惑される体験を楽しんでいただけたら幸いです。

二〇一〇年七月　田口　一

ファンレター、作品のご感想をお待ちしています

あて先

〒150-0002　東京都渋谷区渋谷3-3-5　NBF渋谷イースト
株式会社メディアファクトリー　MF文庫J編集部気付
「田口一先生」係
「CUTEG先生」係

左記より本書に関するアンケートにご協力ください。
（本書の携帯待ち受け画像がダウンロードできます）

★お答えいただいた方全員に、この書籍で使用している画像の無料待ち受けプレゼント！
★サイトにアクセスする際や、登録・メール送信時にかかる通信費はご負担ください。
★中学生以下の方は、保護者の方の了承を得てから回答してください。

MF文庫J

この中に1人、妹がいる!

発行	2010年 8 月31日 初版第一刷発行 2012年 6 月11日 第十五刷発行
著者	田口一
発行人	三坂泰二
発行所	株式会社 メディアファクトリー 〒150-0002 東京都渋谷区渋谷 3-3-5
印刷・製本	株式会社廣済堂

Printed in Japan ISBN 978-4-8401-3488-0 C0193